UN DIAMANTE PER UN DUCA

INCANTEVOLI CANAGLIE, LIBRO PRIMO

COLLETTE CAMERON

Traduzione dall'inglese di Ernesto Pavan

Blue Rose Romance[R]
Portland, Oregon

Sweet-to-Spicy Timeless Romance[R]

UN DIAMANTE PER UN DUCA
Scoundrels seducenti, Libro 1
Copyright © 2019 di Collette Cameron

Cover Design di Sheri McGathy

Blue Rose Romance®
8420 N Ivanhoe # 83054
Portland, Oregon 97203

Libro cartaceo ISBN: 9781950387397
EBook ISBN: 9781950387403
www.collettecameron.com

"Una volta presa una decisione,
raramente mi lascio dissuadere. Intendo corteggiarvi."

Dedica

A tutti coloro che hanno subito violenza, ovunque;

Vi auguro amore, pace, speranza e guarigione.

Riconoscimenti

Devo ringraziare le autrici di **Regency Ever After** per avermi invitata a partecipare alla loro antologia a tema storico, per la quale **Un diamante per un duca** è stato originariamente scritto. All'inizio, non ero sicura che sarei riuscita a creare un romanzo regency basato su una favola, ma ce l'ho fatta!

E da quel romanzo è nata la serie delle Amabili Canaglie!

Peccherei di trascuratezza se non ringraziassi Louisa Cornell per il suo editing meticoloso e le mie Beta Babes per aver impiegato il tempo di leggere meticolosamente e commentare la storia di Jules e Jemmah. Un ringraziamento speciale va anche a Kim Killion per aver creato una copertina mozzafiato e a Laura Landon per la sua generosa citazione in copertina!

Vi adoro, lo sapete!
Baci,

Un diamante per un duca è liberamente ispirato alla fiaba francese del 1697 "Les Fées", o "Le fate", di Charles Perrault, nota anche come "Rospi e diamanti" o "Diamanti e rospi". Non avevo mai sentito parlare di quella storia prima di cominciare a documentarmi in cerca di una fiaba particolare su cui basare un romanzo breve a tema regency.

Come nella storia di Perrault, ci sono due sorelle. La maggiore è Adelinda Dament: litigiosa, egoista, scortese, dà valore a tutto ciò che è relativo all'élite sociale. Metaforicamente parlando, a causa della sua bruttezza interiore, le sue parole si manifestano sotto forma di vipere e rospi. La madre delle due sorelle, Belinda, mostra una preferenza spudorata per Adelinda, che le assomiglia nell'aspetto, nel carattere e nel modo di comportarsi.

Jemmah, la sorella minore, è dipinta come più sensibile, più gentile, e come una persona che dà più peso alle persone che al loro status. Ha un'anima bella e, quando parla, le sue parole sono come gemme e fiori. Anche lei viene cacciata di casa, proprio come la sorella minore in "Diamanti e rospi."

La fiaba si incarna in due personaggi molto vivaci: Faye, viscontessa vedova Lockhart, e la viscontessa Theodora Lockhart. Theodora è la zia di Adelinda e Jemmah, nonché madrina di Jules, sesto duca di Dandridge. Jules veste i panni dell'eroe e ha una sua nemesi da affrontare, nella persona di Phryne Milbourne.

Il mio umorismo bizzarro ha fatto gli straordinari mentre sceglievo i nomi dei personaggi. Diversi sono stati scelti specificamente per il loro significato:

Adelinda – nobile serpente

Belinda – bel serpente

Charmont – incantevole

Dament – diamante

Jasper – colui che porta piacere

Jemmah – gemma

Jules – beh, suona simile a 'gioielli' *(in inglese "jewels", ndt)*!

Faye – fata

Phryne – rospo

Un'ultima riflessione su *Un diamante per un duca…*

Nella cultura moderna, Belinda verrebbe considerata un genitore tossico. Sfortunatamente, si tratta di un motivo ricorrente e spesso dato per scontato nelle vecchie fiabe, così come lo erano le preferenze dei genitori per un figlio specifico. Per scrivere una storia autentica, ho dovuto includere entrambi questi temi sgradevoli.

Voglio incoraggiare tutti coloro che hanno subito o stanno subendo violenze dicendo che, come nella fiaba e nel mio romanzo breve, c'è speranza per voi.

Esistono varie forme di aiuto a vostra disposizione.

Vi prego… vi prego, non aspettate un altro giorno per cercarlo.

Aprile 1809

Londra, Inghilterra

Che il diavolo si porti il dovere.

E che si prenda anche il dannato ducato.

Nemmeno un'ombra di rimorso colse Jules, duca di Dandridge, mentre fuggiva dalla calca che era il ballo per il cinquantesimo compleanno della sua madrina, Theodora, viscontessa di Lockhart... senza nemmeno salutare la cara donna in questione.

Sapeva che lei avrebbe perdonato la sua scortesia; e anche la sua partenza anticipata.

A differenza di sua madre, dei suoi zii e della maggior parte del *beau monde*, Theo lo capiva.

In onore della madrina, Jules aveva fatto una delle sue rare apparizioni in società e si era addirittura prestato all'obbligatorio ballo che ci si aspettava da un uomo della sua statura. Tramite la pura e semplice testardaggine, aveva inoltre costretto la sua bocca a curvarsi verso l'alto – buon Dio, il viso gli doleva per lo sforzo – e aveva sopportato il viscidume delle mammine a caccia di marito per le figlie e della loro carinissima e innocentissima prole, ansiosa di accalappiare un duca libero.

Il che era notevole, considerato che, fino a non molto tempo prima, Jules aveva ricevuto a malapena occhiate distratte dalle stesse donne del *ton* che, ora, erano tanto ansiose di conquistare i suoi favori. Il suo cipiglio perpetuo poteva essere attribuito alla loro mancanza di interesse.

La peggiore della serata?

L'insopportabile cognata di Theo, la signora Dament.

Quella donna tenace aveva abilmente manovrato la propria figlia maggiore – di una bellezza sconcertante, bisognava ammetterlo – in modo da porla al suo fianco diverse volte, e solo il legame intimo che le Dament avevano con Theo gli aveva impedito di girare sui tacchi nella quarta occasione invece che portare cordialmente a madre e figlia il ratafià da loro richiesto.

Ciò nonostante, il tragitto fino al tavolo dei rinfreschi era stato accompagnato da un monologo mentale decisamente poco consono.

Dov'era l'altra figlia – la dolce signorina Jemmah Dament?

Di nuovo a casa a girarsi i pollici? Povero, gentile, trascurato uccellino.

Durante l'infanzia e l'adolescenza, lui e Jemmah avevano goduto di una rilassata amicizia, grazie alle situazioni similarmente difficili in cui erano venuti a trovarsi. Ma, com'era giusto che fosse, erano cresciuti e la sorte o il destino avevano frapposto tra loro diversi ostacoli. Lui se n'era andato all'università – poco dopo essersi fidanzato con Annabel – e, per un po', le Dament erano svanite dalla sua attenzione e da quella della società.

Oh, a Jules era capitato di intravedere Jemmah di

tanto in tanto. Ma tutte le volte, lei aveva chinato il capo dalla chioma color del miele e distolto lo sguardo dei lucidissimi occhi azzurro cielo. Come se fosse stata infastidita, o se lui l'avesse in qualche modo offesa.

Eppure, dopo essersi spremuto le meningi, Jules non era riuscito a capire quale errore potesse aver commesso.

In quel momento, ripensando alla loro tranquilla intimità di un tempo, a come lui aveva potuto parlare con Jemmah di qualunque cosa – o anche solo mantenere un silenzio amichevole – una strana fitta lo colse all'altezza del cuore. Non rammarico, non esattamente, anche se non sapeva esattamente come definire quella sensazione inquietante.

In tutta semplicità, gli mancavano l'amicizia e la compagnia di lei.

Dalla morte di suo fratello Jasper, avvenuta due anni prima, Jules aveva visto poco le Dament.

Stando alle voci, le condizioni economiche della famiglia erano peggiorate drasticamente. Ma anche dando per vero quel pettegolezzo, l'assenza di Jemmah a feste, balli e altri raduni del *ton*, ai quali invece sua madre e sua sorella partecipavano di frequente, suscitava domande e innalzamenti di sopracciglia.

O quantomeno faceva inarcare le sopracciglia di Jules e suscitava la sua curiosità.

Se Jemmah fosse stata presente a più raduni, forse lui si sarebbe sforzato di più di fare qualche comparsata.

O forse no.

Non covava illusioni riguardo alla sua scarsa socievolezza. Una mancanza che lui non aveva alcun desiderio di colmare.

Mai.

Un terzetto di signore svoltò l'angolo e Jules si tuffò in una nicchia accanto a un tavolo sormontato da un vaso.

L'urna cinese oscillò e lui afferrò la porcellana blu e bianca con entrambe le mani, per evitare che essa si schiantasse al suolo e rivelasse la sua presenza.

Il gesto si rivelò superfluo.

Immerse com'erano nei loro eccitanti pettegolezzi riguardo al fatto che lord Bacon portasse presumibilmente il busto, nessuna delle donne si accorse anche solo vagamente di lui mentre gli passavano accanto come una brezza.

Congratulandosi mentalmente con se stesso per il comportamento eccezionalmente civile che aveva tenuto nelle ultime due, tormentose ore, Jules si concesse un sorrisetto compiaciuto e tornò in corridoio. Per poco non andò a sbattere contro l'anziana suocera di Theo, la viscontessa vedova Lockhart, venuta in città per il compleanno della nuora.

Un ciuffo di lucide piume di struzzo nere ornava i capelli della donna. La più lunga lo infilzò in un occhio.

Satanasso.

"Vi chiedo perdono, milady."

Con le lacrime agli occhi, Jules afferrò il fragile gomito dell'anziana, sorreggendola prima che cadesse – il che era probabile, considerato il suo ondeggiare.

La viscontessa ridacchiò – un suono fragile come pizzo vecchio e delicato – e lo guardò strizzando le palpebre. I suoi occhi slavati, del colore del tè annacquato, si illuminarono di ilarità.

"Vi state dando alla fuga, eh, Dandridge?"

Perspicace, la vegliarda.

Nulla sfuggiva a Faye, viscontessa di Lockhart.

"Preferisco definirla una partenza dal tempismo prudente."

Che gli sarebbe toccato abbandonare per riaccompagnare la dama, incerta sulle gambe, al suo trono – ehm, *seggio* – preferito nella sala da ballo.

Si era congratulato troppo presto con se stesso, maledizione.

"Permettetemi di accompagnarvi, lady Lockhart."

Non osava sottintendere che l'anziana avesse bisogno del suo aiuto, o lei gli avrebbe rivolto contro la sua lingua acida e, probabilmente, anche il bastone dall'impugnatura di porcellana.

"Pff. Non dite sciocchezze, per cortesia. Potreste non avere altre occasioni per fuggire. Andate, su." Lady Lockhart indicò col bastone il corridoio deserto. "Mi inventerò qualche baggianata per giustificare la vostra sparizione."

"Non ho bisogno di essere giustificato."

Oltre al fatto di essere annoiato fino alla punta

delle sue lucide scarpe, Jules avrebbe preferito trangugiare sterco di cavallo fresco piuttosto che portare avanti ulteriori conversazioni vuote, e le folle lo rendevano nervosissimo.

Lo avevano sempre reso nervoso.

Da lì la scarsa frequenza delle sue apparizioni.

Birbanteria allo stato puro brillò negli occhi della vedova mentre si portava un dito ossuto al mento, come se stesse seriamente immaginando la storia sconvolgente che avrebbe raccontato.

"Che scusa potrei utilizzare? Un rapimento, magari? *Bah.* Sarebbe poco credibile." La donna scosse la testa e le piume d'oca danzarono in segno di assenso. "Una fuga d'amore. No, no. Non va bene per niente. Troppo scontato e banale."

Lady Lockhart puntò di scatto un dito verso il cielo, per poco non cavando l'altro occhio a Jules.

"Ah-ah! Ecco l'idea perfetta. Un appuntamento scandaloso. Con un'amante segreta. Oh, sì, questa andrà benissimo."

Un sorriso decisamente scherzoso sollevò le labbra sottili dell'anziana.

Jules tentennò.

La vedova aveva ragione, naturalmente.

Se lui non fosse fuggito subito, forse non avrebbe avuto modo di farlo per ore. E tuttavia, la sua coscienza si ribellava al pensiero di lasciare che lady Lockhart barcollasse fino alla sala da ballo da sola. Nonostante l'atteggiamento cupo e il modo di fare brusco, lui restava prima di tutto un gentiluomo.

Lady Lockhart allungò il braccio e lo punzecchiò al bicipite con un'unghia appuntita.

Duramente.

"Vi ho detto di andare, monellaccio." Solo lei avrebbe osato dare del monellaccio a un duca. "Vi assicuro che non sono inferma al punto da non poter percorrere questa breve distanza senza finire col viso per terra."

Magari non il viso, ma che dire del resto del suo fragile corpo?

Il volto avvizzito della vedova si intenerì e la bellezza che un tempo aveva posseduto fece capolino attraverso i segni del tempo. "È stato gentile da parte vostra venire, Dandridge, e so che per Theodora è stato molto importante." Poi l'anziana tornò ad assumere un'aria diabolica e colpì con la punta del bastone il piede di Jules. "Ora levatevi di torno."

"Grazie, milady." Jules prese la mano di lady Lockhart e, dopo averne baciato il dorso, attese per qualche istante per giudicare la camminata della donna. Se ella avesse dato segni di cedimento, lui avrebbe messo da parte i suoi piani e ignorato l'ingiunzione della vedova.

Dopo aver fatto qualche passo, lady Lockhart si fermò e si voltò parzialmente verso di lui. Con le rigide sopracciglia argentee sollevate, mosse le labbra a mimare "Muovete il culo."

Dopo aver salutato militarmente, Jules obbedì e continuò a riflettere sulla sua uscita sociale di maggior successo degli ultimi tempi.

In qualche modo – c'era la possibilità che una serie di bicchieri di ottimo champagne fosse stata d'aiuto – era persino riuscito a conversare – magari in toni un po' meno cordiali rispetto alla maggior parte dei partecipanti, ma di certo non bruschi com'era suo solito – coi giovanotti, i dandy e le cariatidi i cui frivoli interessi si riassumevano nei cavalli, nelle assurde scommesse nei libretti di White's e nella prossima gonnella di cui avrebbero potuto assaporare le grazie.

Oppure, nel caso degli uomini più anziani e meno virili, delle sfortunate donne soggette ai loro sguardi lussuriosi, dato che le parti molli degli stagionati individui difficilmente avrebbero cambiato consistenza.

Solo la gradita presenza dei due uomini che Jules poteva davvero chiamare 'amici' – Maxwell, duca di Pennington, e Victor, duca di Sutcliffe – aveva reso la serata, se non piacevole, senza dubbio più interessante, grazie all'umorismo feroce dei due e alla loro costante litania di commenti sarcastici pronunciati a bassa voce e con gusto.

Paragonato a quei due acidi, Jules, noto per il suo intelletto acuto e il suo portamento severo, sembrava l'epitome della giovialità frivola.

Ma poi, per gli sputi dei cammelli, i suoi zii Leopold e Darius – dai quali derivavano il suo secondo e terzo nome – lo avevano messo all'angolo nella sala da gioco e avevano voluto sapere, per la terza volta quel mese, quando lui avesse intenzione di svolgere il suo *dovere ducale*.

Sposarsi e produrre un erede…

Maledizione a loro e alle loro interferenze!

Il carattere di Jules, normalmente sottoposto a un rigido controllo, aveva rotto gli argini e lui aveva detto ai suoi zii – con grande pacatezza, ma sottolineando ogni singola parola con estrema cura per evitare che quel paio d'asini dal cervello di gallina fraintendessero – "Andate a farvi fottere e lasciatemi in pace!"

Era già stato fidanzato ufficialmente una volta, e aveva rischiato di esserlo una seconda, nei suoi venticinque anni di età. Mai più.

Mai?

D'accordo, forse un giorno. Ma non con una damina dell'alta società e non prima che fossero trascorsi molti, *molti* anni, o che *lui* avesse deciso che i ceppi ai piedi fossero al tempo stesso necessari e convenienti. Nel caso quel giorno fatale non fosse mai giunto, beh, meglio che i suoi zii Charmont si affrettassero a generare loro stessi eredi maschi, invece di perdere tempo con attrici e cantanti d'opera.

Mentre percorreva a grandi passi il corridoio, la bocca di Jules formò il primo sorriso genuino da quando era sceso dalla carrozza, con l'eccezione di quello che aveva rivolto a Theo al suo arrivo. Dalla morte della sua fidanzata Annabel, avvenuta cinque anni prima, Theo era una delle poche persone per cui Jules provava un minimo di affetto.

Doveva trattarsi di un difetto della sua personalità – una riserva emotiva inadeguata, da cui derivava la sua incapacità di provare emozioni schiette. A ogni modo, voleva tornare a casa in tempo per augurare la buonanotte a sua nipote, nonché sua pupilla, lady Sabrina Remington, come le aveva promesso.

Quello stesso giorno, avevano festeggiato il decimo compleanno della bambina.

Jules trovava immensamente piacevole la compagnia di Sabrina.

Forse perché, con lei, poteva semplicemente essere se stesso, e non il duca di Dandridge, o un pari del regno, o un membro della Camera dei Lord. Non una preda per ragazzette ansiose di sposarsi, un ascoltatore tollerante per le barzellette oscene dei suoi amici, o un saggio consigliere per i suoi conoscenti in difficoltà. E nemmeno un nipote ligio al dovere, un figlio sfavorito, un figlioccio preferito, oppure – un tempo – un amato fratello e un futuro sposo assolutamente devoto.

Mentre la pregustazione dell'abbandono della folla allungava le sue falcate, Jules si lanciò una rapida occhiate alle spalle e lo stomaco gli precipitò fino in fondo alle scarpe.

Boia la baia.

Chi diavolo aveva invitato *lei*?

2

Il verso brusco e infastidito di Jules riecheggiò nel corridoio.

La signorina Phryne Milbourne, l'unica altra donna che lui avesse mai preso in considerazione di sposare – per poche, brevi ore – lo aveva intravisto. E, a giudicare dall'espressione decisa sul suo bel viso, era ancora una volta intenzionata a sollevare l'argomento di come lui l'avesse piantata in asso.

I cieli perennemente uggiosi e fulligginosi di Londra avrebbero dovuto far piovere gioielli e fiori prima che lui si lasciasse coinvolgere di nuovo con una persona del genere, non importava quanto bella, aristocratica o perfettamente adatta alla posizione di duchessa gli altri – per la precisione, la madre e gli zii di Jules – la considerassero.

Nel giro di poche ore da quando i suoi zii e sua madre si erano assunti l'incombenza di accennare a un *possibile* matrimonio tra lui e la signorina Milbourne – cosa che la giovane aveva sbandierato con la pacatezza di una contadina che buttava avanzi ai suoi polli – Jules aveva avuto modo di osservare la vera personalità di lei, per puro caso.

E grazie a Dio c'era riuscito, o lei avrebbe potuto essere la sua duchessa, ora.

Il solo pensiero fece inacidire le due porzioni di *crème brûlée* che si era concesso a pranzo.

A onor del vero, gli sarebbe stato difficile decidere cosa lo disgustasse di più: la crudeltà della signorina Milbourne o la sua promiscuità. O magari era il modo incessante e quasi ossessivo con cui lei lo perseguitava a essere più insopportabile di un paio di stivali di tre taglie più piccoli. A ogni modo, Jules non aveva né il tempo né la voglia di discutere della questione con lei, quella sera.

Né mai.

Conoscendo bene l'architettura della villa, si infilò

nella soglia più vicina e si introdusse furtivamente in un elegante salotto buio i cui confini erano marcati da due paia di doppie porte decorate. Porte che gli avrebbero fornito un'altra, meno palese via di fuga dalla casa tramite un corridoio adiacente.

Non abituato all'oscurità della stanza, cercò a tentoni fino a trovare quello che cercava. Con un suono metallico leggerissimo, girò la chiave e ridacchiò sottovoce – e, forse, un po' maleficamente – tra sé.

Era davvero un asociale e il fatto che ciò gli piacesse non faceva che peggiorare la situazione.

Inamidato, brusco, sgradevole, cupo, reticente, taciturno, riservato…

Sapeva benissimo cosa gli altri pensavano di lui e, in generale, quegli appellativi erano accurati. Ciò che gli altri ignoravano era la ragione per cui lui fosse fatto così.

Jemmah Dament la conosceva.

In quanto bambini timidi e trascurati, lui e Jemmah avevano cercato rifugio nella reciproca compagnia e si erano mormorati a vicenda le loro paure segrete.

Era strano che Jemmah gli fosse venuta in mente due volte nel giro di pochi minuti. La duplice intrusione doveva essere dovuta all'incontro con la fastidiosa famiglia di lei.

Un rumore di passi femminili, accompagnati da una camminata più pesante e irregolare, riecheggiarono sul parquet di Arenberg del corridoio all'avvicinarsi della signorina Milbourne.

"Sono certa di aver visto Dandridge un attimo fa, papà." Una traccia di petulanza condiva le parole della giovane. "Mi sta evitando, anche se io gli ho spiegato più volte che ha frainteso quello che ha creduto di aver visto e sentito."

Un corno.

Keaton aveva avuto un braccio infilato fino al gomito nel corpino di Phryne e la lingua ficcata nella sua gola per una lunghezza più o meno pari alla metà.

Peggio ancora, dal punto di vista di Jules, era il modo in cui la signorina Milbourne trattava la dolce, invalida Sabrina. Un comportamento da sgualdrina era ripugnante, ma la crudeltà nei confronti di una povera sfortunata lo era doppiamente.

Intollerabile e imperdonabile, dal suo punto di vista.

Jules ne aveva subito reso edotta la signorina Milbourne, aggiungendo che ella avrebbe fatto meglio a smettere di credere che tra di loro potesse esserci qualcosa. In preda alla collera, c'era la possibilità che avesse anche suggerito che avrebbe accolto alla sua tavola delle tigri affamate con un entusiasmo maggiore di quello che gli avrebbe dato mantenere i rapporti con lei.

"Quell'uomo testardo ha osato rispedire al mittente il biglietto profumato che gli ho spedito la settimana scorsa, papà. Senza aprirlo, per di più. Quel disgraziato," disse rabbiosa la giovane, mentre il rumore dei suoi passi assumeva un ritmo decisamente pesante. "Quante volte devo scusarmi prima che Dandridge mi perdoni?"

"Bah. Tesoro, vorrei che tu mi permettessi di fare causa a quel farabutto per aver rotto il fidanzamento," ansimò Milbourne, col respiro talmente affannoso che minacciava di far cadere le opere d'arte appese in mostra al di sopra dei pannelli di mogano del corridoio.

Se i desideri fossero cibo, i mendicanti mangerebbero torte tutti i giorni, vecchio mio.

Avrebbero dovuto esserci una proposta vera e propria e un accordo formale, con tanto di contratto scritto.

Non un mero suggerimento espresso a voce, al quale la signorina Melbourne si era appiccicata come un crostaceo a uno scoglio.

La giovane aveva menato per il naso il proprio padre negli ultimi due anni, prendendo di mira e poi scartando un pari dopo l'altro, ciascuno di rango più elevato e con le tasche più piene di quello precedente. L'uomo, e la defunta signora Milbourne, se lo meritavano per averla chiamata Phryne, come una cortigiana greca.

Che razza di idea.

Come era venuto loro in mente?

Col respiro pesante, Milbourne brontolò, da un punto che doveva essere subito oltre la porta, "Qualcuno dovrebbe insegnare il fatto suo a quel ragazzino arrogante. Sarebbe fortunato ad averti, tesoro mio. Potrei riscuotere qualche favore–”

“No, papà! Dandridge non farebbe altro che adirarsi ancora di più. Bisogna costringerlo a sentire ragione. Sono sicura che, col tempo, cambierà idea. I suoi zii e Sua Grazia sono facili da manipolare e mi vogliono al suo fianco. Non perderò il mio ducato per colpa di un equivoco puritano. Gli rimarrei fedele fino alla nascita di un erede. Magari anche di un erede di scorta. Deve saperlo di certo.”

Che gentilezza.

La maniglia della porta sferragliò, accelerando repentinamente il battito del cuore di Jules.

Un verso poco signorile si udì attraverso il legno di noce.

“Chiusa a chiave. Suppongo che quella presuntuosa di lady Lockhart tema che gli ospiti si intaschino il suo volgare ciarpame.”

Jules esalò un respiro lungo e colmo di gratitudine. Avendo scoperto presto i vizi della signorina Milbourne, si era risparmiato una vita miserabile.

“Papà, hai visto la sua espressione quando siamo

entrati con gli Wakefield? Sembrava che avesse ingoiato degli aghi affilati." La risata sprezzante della signorina Milbourne sfumò mentre lei e suo padre esploravano il resto del corridoio.

Jules rimase immobile, l'orecchio teso mentre porte si aprivano frusciando e si chiudevano con scatti metallici e i due andavano a cercarlo di stanza in stanza.

E lui se ne stava lì, come un bambino discolo, l'umore più nero a ogni minuto che passava. Tuttavia, un litigio era l'ultima cosa che Theo voleva al suo compleanno. Da lì, senza dubbio, derivava la decisione di non dare il benservito ai Milbourne quando si erano presentati, senza invito, appiccicati agli Wakefield.

Santi numi, Jules odiava i manipolatori.

Di una bellezza sconcertante – un diamante purissimo, secondo gli standard dell'*haut ton* – la signorina Milbourne era intelligente, capace, esperta di politica, padrona di casa cordiale e popolare in società. Insomma, possedeva tutte quelle qualità mondane che la madre e gli zii di Jules ritenevano necessarie alla futura duchessa di Dandridge, e che per Jules avevano il valore e l'importanza di una pipita o di un doloroso foruncolo sul sedere.

Era naturale che sua madre approvasse la signorina Milbourne.

Era fatta della stessa pasta calcolatrice e mercenaria, dopotutto.

Platone ci aveva visto giusto, per Giove. Il simile attraeva davvero il simile.

A Jules non importava granché chi sarebbe stata la futura duchessa. Né se ce ne sarebbe stata una durante la sua vita. Da giovane innamorato, aveva osato rischiare una volta in nome dell'amore e quando Annabel – da sempre fragile e minuta – era morta di influenza appena un mese prima delle loro nozze, la sua capacità di amare doveva essere finita sepolta con lei. Perché in lui non si era mai risvegliato alcun sentimento più forte di un caldo rispetto o affetto.

Tranne per quanto riguardava Sabrina.

E, molto tempo prima, anche la signorina Jemmah Dament.

L'idea di un'unione con la signorina Milbourne non aveva nulla a che spartire con l'affetto e tutto a che vedere coi benefici del titolo di duca. Jules era stato molto sciocco a non ascoltare le brusche ammonizioni di Theo contro quell'idea tanto stupida.

Jules era perfettamente in grado di trovarsi un diamante da solo, grazie tante.

Uno la cui bellezza sfaccettata e interiore brillasse molto più della squisita esteriorità della signorina Milbourne.

Scuotendo la testa, Jules si massaggiò la fronte – stava cominciando a venirgli un leggero mal di testa – e passò lo sguardo sul salotto sfarzoso. Le tende scostate permettevano alla luce del sole di fluire attraverso le finestre dai festoni di broccato smeraldo e oro, proiettando un barlume iridescente sui mobili indorati e intagliati. Una musica soffocata filtrava nella stanza pacifica mentre l'orologio di Sevres sulla mensola del caminetto batteva pigramente le dieci.

Jules avrebbe fatto meglio a sbrigarsi, o Sabrina avrebbe pensato che avesse deciso di fermarsi più a lungo al ballo e si sarebbe ritirata per la notte. Aveva ricevuto il permesso di restare in piedi fino a un'ora così tarda perché aveva obbedientemente fatto un pisolino pomeridiano. Deludere una bambina che aveva già subito così tante tragedie nel corso della sua breve vita era impensabile.

Jules non faceva promesse che non avesse intenzione di mantenere.

Era il caso di riaprire la doppia porta chiusa a chiave prima di uscire dall'altra?

No. Ci avrebbe pensato la servitù di Theo.

La sua madrina avrebbe davvero dovuto pensare a bloccare l'accesso alle stanze inutilizzate quando aveva ospiti, soprattutto con gente come la signorina Milbourne in giro.

Glielo avrebbe accennato quando l'avrebbe rivista.

Nel destreggiarsi in mezzo al numeroso mobilio sotto la luce fioca della luna, Jules urtò con lo stinco il divanetto. Mentre il dolore si diffondeva dal polpaccio al ginocchio, lui imprecò a bassa voce e si chinò per massaggiare l'arto leso.

"Dannazione. Theo deve proprio continuare a spostare i mobili? È la seconda maledettissima volta da dicembre."

Un sussulto soffocato, subito spento, lo spinse a

rialzarsi di scatto. Questa volta, fu la sua spalla ad andare a sbattere da qualche parte.

Per tutti i diavoli.

"Chi c'è qui?"

La sua domanda andò incontro al silenzio. Era per caso incappato in un rendez-vous tra amanti? In un ladro? In un servitore pigro o in un ospite curioso? Si portò una mano alla spalla pulsante, premendo contro l'imbottitura della giacca per alleviare il dolore.

"Fatevi subito riconoscere."

Silenzio.

Passando le dita lungo lo schienale del divanetto, Jules trovò il tavolo a colonnine di fronte al divano.

Tranne che per il respiro affannoso, il colpevole tacque.

Strizzando gli occhi, Jules intravide una forma dai colori chiari sdraiata sui cuscini a righe blu scuro e argento. Una donna, e per tutti gli elefanti infuriati d'Africa, Jules avrebbe potuto scommettere i suoi bottoni d'argento e i due nuovi lividi che gli erano certamente spuntati che lui conosceva colei che giaceva lì.

Come una corda che andava svolgendosi lentamente, la tensione si allentò dai suoi muscoli tesi.

Cercò a tentoni l'acciarino d'argento inciso accanto al candelabro e, qualche istante dopo, una candela di cera prese vita.

"Salve, Vostra Grazia."

La signorina Jemmah Dament, le labbra rosee curvate in un piccolo sorriso a bocca chiusa e il volto ancora ammorbidito dal sonno, sbatté le palpebre con sonnolenza.

Salve a voi. Adorabile gattina dormigliona.

Jules sollevò il candelabro più in alto, osservando la figura slanciata della giovane, il suo bel posteriore premuto contro il divano, una mano ancora posata su una guancia. Stupore e attrazione carnale, piacevoli e inaspettati, tracciarono un sentiero formicolante da una spalla all'altra.

La monella scialba e goffa si era trasformata in un'aggraziata colomba. Una il cui fascino rivaleggiava – no, superava abbondantemente – quello della sorella.

"Ma salve a voi, signorina Jemmah Dament."

Come se fosse stata la cosa più naturale del mondo

addormentarsi durante un ballo a casa di sua zia, per poi essere svegliata da un uomo che era andato a sbattere contro il suo letto improvvisato, la signorina Dament si mise seduta e si ravviò un ricciolo vagabondo che le era ricaduto sulla fronte.

Jules si mise ad accendere le altre tre candele. La loro luce rivelò occhi a mandorla ben distanziati di un azzurro pallido e sconcertante, incorniciati da ciglia scure, e capelli disordinati di un colore a metà tra lo scuro caramello e il chiaro toffee.

Jules non la vedeva da vicino da…?

Da quanto tempo?

Inclinando la testa, frugò negli archivi della sua mente.

Almeno dall'estate prima.

Sì, da quel pomeriggio di agosto a Hyde Park, quando la giovane gli era passata accanto vestita con la parodia di un abito da passeggio. Un obbrobrio di un colore verde-grigiastro a metà tra il pesce marcio e la muffa del pane.

Coprendosi la bocca sbadigliante con una mano snella, la signorina Dament si lisciò con l'altra il semplice vestito color avorio.

Con l'eccezione di una fusciacca marrone-giallastra sotto il seno, l'indumento era del tutto privo di ornamenti. Il nastro non si adattava al colorito di Jemmah e, anche se Jules non poteva dirsi un esperto di abbigliamento femminile, l'indumento in sé sembrava piuttosto misero per un evento tanto sfarzoso.

Un altro abito smesso di Adelinda?

Jules inclinò la testa mentre chiudeva l'acciarino.

Non ricordava di aver mai visto Jemmah indossare qualcosa di nuovo. E tuttavia, la sorella di lei si mostrava sempre in pubblico profumata e ingioiellata, nonché vestita all'ultimissima moda. Favoritismi tanto palesi non erano rari all'interno dell'élite, né particolarmente sconvolgenti; sgradevoli, piuttosto.

Anche Jules era il figlio meno favorito di sua madre, ma per tutte le candele d'Inghilterra, *se* lui avesse mai avuto dei figli – in un futuro molto remoto – questi non avrebbero conosciuto il genere di rifiuto e dolore che lui e Jemmah avevano vissuto a causa della parzialità dei loro genitori.

Jules avrebbe amato i suoi figli e li avrebbe trattati in maniera equa, come avrebbe dovuto fare qualunque bravo genitore.

"Ah, Vostra Grazia, immagino che siate sorpreso di vedermi."

Piuttosto che essere leziosi o civettuoli, il sorriso della giovane e le sue sopracciglia inarcate suggerivano un divertimento genuino. Con gli occhi vivaci che brillavano di conoscenza segreta, Jemmah passò lo sguardo su di lui, e la radiosità del suo sorriso generò in Jules una sensazione pungente, che mise radici nel suo petto e fece le fusa nelle sue vene.

"Lo sono, ma piacevolmente. Le vostre apparizioni a queste farse sono persino più rare delle mie, signorina Dament."

Nel caso di Jules, si trattava di una scelta; ma nel caso di Jemmah?

Per caso lei avrebbe voluto partecipare, ma farlo le era proibito?

"Sono qui su insistenza di zia Theo. La mamma, questa volta, non è riuscita a farla desistere. Ma temo di avere troppo orgoglio – persino io – per farmi vedere in un abito da mattina fuori moda da tre Stagioni. E poi," aggiunse la giovane, sollevando una spalla candida e aggraziata mentre giocherellava con la nappina di un cuscino, "non so ballare, e questo è pur sempre un ballo."

Le sue parole non erano appesantite da autocommiserazione o risentimento. Erano solo un'onesta rivelazione.

Jules aveva dimenticato quanto ella fosse di una schiettezza rinfrancante.

E tuttavia, com'era possibile che una parte tanto importante della sua educazione fosse stata trascurata?

Theo lo sapeva?

Probabilmente, dato che aveva accennato di aver tentato più volte di intercedere per Jemmah. Con sommo dispiacere di Theo, la signora Dament rifiutava qualunque offerta potesse beneficare Jemmah, ma quando si trattava invece di Adelinda…

Le cose stavano molto diversamente. Nulla era troppo, per quell'avida bestiaccia.

La compassione per Jemmah gli strinse il cuore.

La giovane si spiegò – non c'era altro modo per

descrivere l'eleganza impeccabile e felina con cui si alzò – e, dopo aver infilato i piedi dalle calze palesemente rammendate in un paio di semplici scarpette nere leggermente troppo grandi e aver recuperato i guanti, si produsse in un'agile riverenza.

"Vi prego di scusarmi, Vostra Grazia."

"Aspettate, Jem." Troppo diretto. Usare addirittura il nome proprio… Ma loro due erano stati Jem e Jules per oltre un decennio, prima che le loro strade si dividessero.

La giovane esitò, scrutando coi suoi begli occhi azzurri quelli di Jules.

Una rapida occhiata alla mensola gli confermò che aveva ancora un paio di minuti da spendere, volendo. Aveva detto a Sabrina che non sarebbe tornato più tardi delle dieci e mezza. Era strano che fosse così contento di vedere Jemmah. Ma loro due erano vecchi amici e, in quanto tali, ora che si erano ritrovati era come se non si fossero mai separati.

Dopotutto, lui la conosceva da quando – un diavoletto con gli occhi troppo grandi per il viso sottile e i capelli ribelli color della paglia – aveva cercato di nascondersi sotto il suo stesso tavolo al passaggio di lord Lockhart, il padrino di Jules.

Si erano visti a intervalli irregolari nel corso degli anni, ma raramente avevano frequentato gli stessi ambienti. Il padre di Jemmah era morto – per un attacco di cuore nel letto della sua amante, dicevano certe voci maligne – un anno prima che il fratello maggiore e la cognata di Jules morissero nell'incidente in carrozza che aveva lasciato invalida Sabrina.

Jules e Jemmah avevano molto in comune.

Entrambi avevano conosciuto il dolore e il lutto, sopportato lo sprezzo di una madre priva di affetto e vissuto all'ombra di un adorato fratello o sorella maggiore. Ma scoprirla nascosta lì, vergognosa del proprio abito inelegante, coi residui salati delle lacrime sulle guance color panna, suscitava in lui lo stesso istinto di protezione che provava nei confronti di sua nipote.

Quello che provi per Jemmah non ha nulla di paterno.

Sensualità e sentimenti a lungo addormentati – al punto che Jules li aveva creduti morti – sollevarono lentamente e con immensa cautela la testa per guardarsi attorno.

Jules si avvicinò al divanetto da davanti e offrì a Jemmah un sorriso solidale.

La giovane doveva aver intuito i suoi pensieri, perché si voltò e si asciugò il viso, eliminando le prove della sua infelicità.

"Devo andare. La mia assenza verrà notata."

No. Nessuno la noterà.

Tranne Theo, forse.

Jules dubitava che la madre o la sorella di Jemmah le avessero dedicato un solo pensiero nel corso dell'intera serata. Probabilmente, si erano dimenticate del tutto che le aveva accompagnate, da tanto insignificante era per loro.

Quel bizzarro spasmo nel petto si fece di nuovo sentire.

Lo sguardo degli occhi azzurro pallido di Jemmah – Jules non riusciva a trovare nulla a cui paragonare quella sfumatura delicata, ma stupefacente – incrociò il suo e lei si prese il labbro inferiore pieno fra i denti prima di spostare lo sguardo sui cuscini decorati del divano.

Le spalle della giovane si sollevarono quando lei inalò a fondo e sollevò visibilmente il mento, mentre un sentimento simile alla ribellione enfatizzava gli angoli delicati e le curve del suo viso. La luce che Jules aveva intravisto nei suoi occhi sfumò in una malinconia rassegnata. Quando lei parlò, una sorta di disperazione stanca e tormentata gettò un'ombra sulle sue parole gentili.

"Nessuno, Vostra Grazia, ama essere oggetto della compassione altrui."

3

Di fronte all'affermazione franca di Jemmah, gli occhi ambra ben distanziati di Dandridge si spalancarono leggermente, per poi assumere un'aria meditabonda. Probabilmente, l'uomo non era abituato a una tale schiettezza; ma nella limitata esperienza di Jemmah, l'artifizio raramente aveva conseguenze positive.

"Di' ciò che pensi e pensa ciò che dici," le aveva sempre detto suo padre. "Parla onestamente, mia preziosa Jem. Ma stempera le tue parole con la gentilezza e la delicatezza, in modo da farne diamanti, non rospi. Gli uni sono bene accetti, persino apprezzati. Gli altri sono detestati e spesso temuti."

Dio, quanto le mancavano il sorriso gioviale di suo padre, i suoi capelli e i suoi vestiti perennemente arruffati e i dolci baci che le dava sulla testa. Quanto le mancavano le storie che le raccontava quando lei sedeva sul suo ginocchio. "Rospi e diamanti", "La bella addormentata", "Cappuccetto rosso" e molte altre.

Le lacrime le bruciarono dietro le palpebre, ma lei le scacciò con decisione. Doveva continuare a essere forte. Ma alle volte – quando l'umiliazione e la vergogna la travolgevano – farlo era molto difficile. E lei era davvero stanca e scoraggiata, nonostante la facciata allegra che mostrava.

L'ombra di un sospiro le sfuggì.

Bah.

Basta crogiolarsi nell'autocommiserazione. È imprudente e insensata.

Forse, ripensare al consiglio di papà non era stato il modo migliore per farsi coraggio, soprattutto visto che lui era morto nel letto della sua amante.

La maggior parte delle madri avrebbe tenuto nascosto alle figlie quel dettaglio osceno, ma la mamma usava quella bruttura per infangare costantemente e crudelmente la memoria del papà di fronte alle sue figlie.

Soprattutto a Jemmah.

Non era necessario fare chissà quali sforzi di immaginazione per capire perché l'uomo avesse cercato conforto tra le braccia di un'altra donna. Non che Jemmah giustificasse l'infedeltà paterna; ma non poteva nemmeno negare che suo padre avesse sofferto per la maggior parte del tempo in cui lei lo aveva conosciuto.

Lo stesso valeva per Jemmah, che attendeva con ansia il giorno in cui, in qualche modo, sarebbe finalmente riuscita a fuggire e a conoscere gioia e pace, invece che ridicolo e critiche costanti.

Ripreso il controllo delle sue emozioni, ricambiò lo sguardo attento di Dandridge, decisa a dare sfoggio della propria mancanza di codardia e del fatto di non essere una creatura debole e patetica che meritasse la compassione o la commiserazione sua o di qualcun altro.

Beh? Non avete nulla da dire?

Il fermacravatta di diamante a forma di corona d'alloro che decorava la cascata nivea che era il fazzoletto da collo del duca le ammiccò con la sua luce e, come se l'uomo avesse udito la sua sfida silenziosa, e con una luce indefinibile che gli brillava negli occhi, gli angoli della sua bocca marcata si curvarono verso l'alto.

Jemmah aveva corso il rischio di esprimere i suoi pensieri più intimi e quell'affascinante canaglia rideva di lei?

La mortificazione tracciò un sentiero pungente dal suo petto all'attaccatura dei suoi capelli, senza dubbio lasciandosi alle spalle una sfilza di brutte macchie rossastre. Né un tenero imporporarsi né un allettante colorito roseo accompagnavano il suo arrossire; piuttosto, la sua pelle si copriva di brutte chiazze molto simili a scottature o a gravi eruzioni cutanee.

Papà aveva attribuito quella tendenza al loro lignaggio irlandese.

Se era così, allora perché Adelinda, coi suoi capelli color del rame, non soffriva del medesimo male?

Jemmah sapeva benissimo perché.

Perché in quello, come in tutto il resto, Adelinda

aveva preso dalla mamma.

Lo specchio di Jemmah mostrava giornalmente e obiettivamente che la sua carnagione chiara e i suoi lineamenti insignificanti impallidivano al confronto con l'aspetto vistoso di sua madre e di sua sorella, coi loro capelli di un rosso intenso e i loro occhi scuri ed esotici. Né lei possedeva il loro carattere suscettibile o la loro costituzione delicata. Tutte cose che, secondo la mamma, una signora doveva per forza possedere se voleva diventare la favorita dell'*haut ton*.

Come se a Jemmah fosse importato qualcosa di tutte quelle scemenze.

Le persone erano molto più importanti dei loro titoli o della loro posizione sociale.

Il suo aspetto piuttosto ordinario, la sua buona salute e il suo animo gentile erano più adatti al docile bestiame o alle pecore, e di conseguenza capitava spesso che facessero infuriare e deludessero sua madre.

Invero, quante volte dopo la morte di papà la mamma l'aveva rimproverata – con voce artica e colma di biasimo – dicendo: "Tu somigli a tuo padre e ti comporti come lui, Jemmah. Fatico a guardarti.

Anche tu, un giorno, ci farai cadere in disgrazia. Aspetta e vedrai."

Non succederà.

Se mai qualcuno avrebbe portato ulteriore vergogna ai Dament, quella sarebbe stata Adelinda. Era divenuta talmente ardita nei suoi rendez-vous clandestini che, prima o poi, qualcuno l'avrebbe sorpresa con uno dei suoi numerosi intrallazzi.

Naturalmente, la mamma era completamente all'oscuro del comportamento sregolato di Adelinda.

Dopo che lei aveva cercato, una volta, di introdurre l'argomento, la mamma l'aveva accusata di essere invidiosa di sua sorella. Aveva confinato Jemmah nella sua stanza per due giorni, concedendole solo porridge e brodo, e da quel momento in poi Jemmah aveva deciso di tenere per sé la sua opinione in materia.

Adelinda poteva pure subire le conseguenze delle sue scelte avventate, che – sicuro come la pioggia inglese – probabilmente avrebbero portato vergogna e censura su di loro.

Jemmah guardò Jules da sotto le ciglia. Un sorriso

parziale gli curvava ancora la bocca.

Lei sapeva benissimo quanto patetica sembrasse agli altri. E tuttavia, vedere quel sentimento inciso sui nobili lineamenti del viso del duca e brillare nei suoi caldi e dolci occhi... Beh, per il porridge freddo e grumoso, l'ingiustizia le era risalita nella gola stretta, strozzandola.

E la sua maledetta linguaccia – all'inferno quell'ignobile organo – aveva deciso di ignorare il minimo buonsenso. La sua bocca si era aperta di sua spontanea volontà, riversando i suoi pensieri più intimi. Pensieri che lei badava bene a tenere sepolti nelle nicchie più remote della sua mente, a volte persino a se stessa.

E tuttavia, la compassione era l'ultima cosa che Jemmah volesse da chiunque, soprattutto dal sesto duca di Dandridge, così come non voleva che egli la considerasse un oggetto di ilarità, arrossito e inferocito.

L'uomo inclinò la testa e le ciocche più chiare tra i suoi folti capelli color del miele rifletterono la luce delle candele. Con una mano sulla nuca, egli fece passare lo sguardo dai capelli arruffati di Jemmah alle sue scarpe troppo larghe, e lei avrebbe voluto sciogliersi sul pavimento o strisciare sotto il tavolino e nascondersi come aveva fatto spesso da bambina.

"Non è necessario che mi fissiate. Sono perfettamente consapevole delle mie mancanze, Vostra Grazia."

Non gliele avevano forse ripetute quasi quotidianamente per anni?

Quando l'uomo non rispose, ma continuò a guardarla con quell'espressione divertita, curiosa, eppure confusa, l'irascibilità di Jemmah, che raramente veniva provocata, decise di scattare.

"Voi, Vostra Grazia, vi state comportando da cafone."

Le sopracciglia giunte a formare tre pieghe distinte, Jules distolse finalmente lo sguardo intelligente per contemplare la luna attraverso la finestra e assunse il suo familiare atteggiamento riservato.

Al diavolo la sua lingua lunga. Jemmah lo aveva offeso.

Perché, per tutto il tè in Inghilterra, aveva appena

offeso un duca?

E non solo un duca qualsiasi, ma l'amato figlioccio di zia Theo, un uomo che era per lei un figlio più di quanto lo fosse per la propria madre. Zia Theo, l'unica persona nella memoria di Jemmah, con l'eccezione di papà, ad averle mai mostrato un minimo di compassione o di gentilezza, non ne sarebbe stata felice.

Non dimenticare quanto Jules – Sua Grazia – era gentile con te.

Zia Theo aveva sempre ammirato l'animo benevolo di Jemmah e lei avrebbe faticato a spiegare perché il duca l'avesse fatta infuriare al punto da renderla insolente.

Doveva essere stata colpa della rabbia indotta dall'umiliazione per il fatto che Jules si fosse dispiaciuto per lei.

Dandridge, il pari diabolicamente bello, dal profumo meraviglioso, vestito al culmine della moda, la guardò con quei suoi occhi scuriti e velati e le sue labbra si curvarono verso il basso, come se Jemmah fosse stata un patetico caso umano o una povera miserabile.

Lui, per il quale Jemmah aveva covato in segreto del *tendre* dalla prima volta in cui egli l'aveva raggiunta nella sicurezza di un tavolino bordato di pizzo quasi quindici anni prima, quando lei era stata un diavoletto di cinque anni e lui un maturo e nerboruto ragazzo di dieci.

Che stupida. Ma i suoi sogni, per quanto frivoli o sciocchi o irraggiungibili, erano i suoi tesori, e nessuno poteva portarglieli via. Se lei non avesse avuto dei sogni, qualcosa a cui guardare, il tedio e le fatiche della vita, le aspre critiche e i rimproveri della mamma le avrebbero sottratto qualunque vestigia di gioia.

Jemmah poteva anche non possedere molto in fatto di aspetto o proprietà materiali, ma aveva un briciolo d'orgoglio e una manciata di splendidi ricordi. E tuttavia, rendersi conto che Jules la compativa…

Beh, la sua stessa anima soffriva per l'indignazione e la mortificazione; entrambe sgradite come escrementi di topo nella torta o segni purulenti del vaiolo sul viso.

Se non altro, questa volta Dandridge era stato

costretto a prendere atto della sua esistenza, a differenza della mezza dozzina di altre occasioni in cui si erano incontrati negli ultimi due anni.

In ciascuno di quei casi, l'uomo l'aveva ignorata come se lei non fosse esistita o fosse stata insignificante come la corteccia di un albero, una nube color peltro in un cielo grigio o l'impronta di un dito sul vetro di una finestra.

Presente, ma invisibile.

A onor del vero, la descrizione si adattava perfettamente alla vita di Jemmah.

Anche questo le rodeva parecchio, perché ogni volta che il duca entrava in una stanza, le passava accanto per strada o trottava col suo magnifico cavallo color dell'ebano lungo Rotten Row, lei lo notava immediatamente… osservandolo con attenzione da sotto le ciglia e mantenendo un atteggiamento di ostentata indifferenza.

Jemmah conosceva il proprio posto. Sapeva che era al di sotto di lui.

Ma guardare la cupa bellezza dell'uomo e ripensare a quanto infinitamente premuroso egli fosse sempre stato nei suoi confronti…

Che male poteva esserci in questo?

Erano come un diamante e un pezzo di carbone.

Lui era il primo; lei, il secondo.

La luminosità e lo splendore della gemma, la sua bellezza innata e complessa, attiravano l'attenzione senza nemmeno tentare, mentre l'ignobile carburante veniva notato ed era necessario solo se una stanza o un fornello si raffreddavano.

A proposito di freddo, il salotto si era fatto piuttosto gelido e Jemmah si sfregò le braccia nude.

Quanto aveva dormito?

Osservò l'orologio sulla mensola.

Solo due ore?

Di certo doveva essere passato più tempo.

Aveva avuto bisogno di riposare, dopo essere rimasta sveglia fino alle quattro e un quarto di mattina per finire l'abito di Adelinda. Ma ora doveva proprio andare. Anche se la mamma e Adelinda non si fossero chieste dove lei fosse finita, zia Theo avrebbe potuto farlo.

"Vi prego di perdonarmi per la mia

maleducazione, Vostra Grazia. Vi assicuro che non è da me. Non ho dormito molto, ieri notte, e trovo questo genere di raduni faticoso anche nelle migliori delle circostanze."

Vestita con abiti smessi, incapace di ballare con un minimo di abilità, e ben consapevole di mancare della grazia e della bellezza di sua sorella, Jemmah considerava gli eventi mondani al pari di una tortura.

Dandridge non rispose e, per coprire il silenzio imbarazzante, Jemmah si chinò a sistemare i cuscini che aveva messo in disordine. Soddisfatta al pensiero che la stanza, ora, era identica a com'era stata quando lei vi era entrata e di aver fatto il possibile per scusarsi per il proprio comportamento bisbetico, si voltò verso la porta.

Ansiosa di darsi alla fuga, sperava di trovare un altro nascondiglio in cui stare fino a quando sua madre non avrebbe deciso che era giunta l'ora di partire.

Probabilmente, ore dopo.

"Vorreste ballare?"

La richiesta mormorata del duca la fermò a metà di un passo e, con la bocca spalancata, Jemmah lanciò all'uomo un'occhiata con cui voleva chiedergli se dicesse sul serio o stesse scherzando.

Dandridge le offrì la mano; il gesto tese la sua giacca a code nera sulle spalle piacevolmente ampie e su un bicipite tondeggiante. L'anello d'oro con sigillo sul suo anulare brillava, così come i gemelli a testa di leone ai suoi polsi.

Il sorriso terribilmente dolce dell'uomo fece ribollire il sangue di Jemmah nelle vene, come se fosse stato tè addolcito col miele – ricco, caldo e forte – mentre una sensazione diversa si incuneava dietro le sue costole, scavando lentamente più in fondo… pericolosamente più in fondo.

Dandridge era pericoloso per la sua pace interiore.

Pericoloso per la vita alla quale lei si era rassegnata.

Fissando direttamente nelle profondità indecifrabili dei suoi occhi, Jemmah cercò di soppesare la sua sincerità e i suoi fini.

"Un solo ballo, signorina Jemmah. Non ho mai avuto l'onore di fare coppia con voi."

Altra compassione a suo beneficio, o un dono

generoso e genuino, anche se poco consueto?

Jemmah sarebbe riuscita ad affrontare una contraddanza all'inglese con un livello di grazia accettabile, ma un cotillon o una quadriglia?

Assolutamente impossibile.

"Vostra Grazia, ve l'ho detto: non ne sono capace."

Una nuova vergogna le scottò le guance – che dovevano ormai essere rosse come ciliegie schiacciate – ma lei era decisa a non rompere il contatto di sguardi.

I risparmi di famiglia non erano stati sufficienti a pagare lezioni di ballo per lei *e* per Adelinda. Sebbene Jemmah avesse implorato di poter assistere alle lezioni di sua sorella, la mamma le aveva negato persino quello. Lei allora aveva preso l'abitudine di sbirciare dalla finestra del salotto, fino a quando, un giorno, sua madre l'aveva sorpresa.

In seguito, Jemmah era stata confinata nella sua stanza durante le lezioni di ballo, proprio come nella storia di Cenerentola. Solo che, nel suo caso, non c'era una matrigna malvagia.

E nemmeno una fata madrina che la salvasse o un principe che la portasse via.

Solo la sprezzante e orgogliosa madre di Jemmah, che non si faceva alcuna remora a riconoscere ad alta voce la propria preferenza per Adelinda. E perché mai non avrebbe dovuto preferire la figlia che era praticamente la sua immagine speculare, piuttosto che la prole che le ricordava l'odiato e infedele marito?

"Vi insegnerò io." Dandridge si fece avanti e le prese delicatamente la mano.

Jemmah aveva dimenticato di indossare i guanti, ma l'uomo non parve notare le sue dita segnate dal lavoro e lei si rifiutò di vergognarsi di esse. Non in quel momento, almeno. In seguito, avrebbe esaminato la pelle secca e arrossata, le cuticole ruvide, le unghie troppo corte, e il suo viso sarebbe avvampato di rinnovata mortificazione.

"Non dovrei, davvero. Vi pesterò i piedi."

Ma avrebbe ballato, perché stare tra le braccia di Jules, anche per pochi minuti rubati, valeva la disapprovazione garantita della mamma e l'invidia sicura di Adelinda, per non parlare delle spiacevolezze che sarebbero seguite nel caso loro lo avessero scoperto. L'esperienza, custodita dalla memoria, valeva persino il rischio dello scandalo.

Tutto questo non ha importanza.

Jemmah si sciolse nell'abbraccio di Jules e appoggiò la mano sulla sua spalla ferma, i cui muscoli guizzavano sotto le sue dita.

Il sorriso dell'uomo, ampio e felice, mostrava denti dritti e bianchi e illuminava di gioia ogni lineamento del suo volto virile. Di rado lei lo aveva visto sorridere per una felicità sincera e la trasformazione del suo viso le rubò temporaneamente il fiato.

Jemmah riuscì a rimettere in funzione i polmoni e chiese: "Con che musica balleremo?"

"Ascoltate." Jules inclinò la testa fulva, i capelli del colore del grano maturo al tramonto.

Le note ritmate del quartetto d'archi fluttuarono dalla sala da ballo. Quella musica gloriosa, incantevole e irresistibile, quasi fatata, abbatté le ultime, fragili barriere di Jemmah.

"È un valzer." Jules le appoggiò una mano

dall'ampio palmo sulla schiena – *Oh, crum cake[1], che delizia* – e le prese l'altra mano.

"Basterà che mi seguiate, Jemmah."

Un valzer era qualcosa di decisamente ardito e poco accettabile negli ambienti bene educati, il che era probabilmente la ragione per cui zia Theo consentiva quel ballo. Anche lei amava stiracchiare i limiti del socialmente accettabile; era una delle qualità che Jemmah adorava della sua ardita zia.

Jules si rivelò un abile partner e, nel giro di qualche istante, Jemmah imparò i semplici passi e il ritmo un-due-tre.

Fin troppo consapevole dell'ampio petto che si trovava a pochi centimetri dal suo viso, Jemmah frugò nella mente in cerca di qualcosa da dire. "Ho avuto il privilegio di conoscere la vostra affascinante nipote, lady Sabrina, il mese scorso a Green Park."

"Senza dubbio stava facendo la sua passeggiata giornaliera con la sua istitutrice. Sabrina ama disegnare paesaggi. Ha chiesto di poter prendere lezioni." Il palmo della mano di Jules premette contro la schiena

---

[1] Si tratta di un dolce di origine tedesca, formato da una base morbida con una copertura dolce e croccante (ndt).

di Jemma, facendo impazzire i suoi nervi. "Volevo chiedere a Theo se avesse qualcuno da consigliare."

"Anche io amo disegnare. Me lo ha insegnato papà."

Il pollice di Jules le sfiorò le costole e un brivido – o almeno, questo le parve la sensazione 'scioglievole' e burrosa che provò – si diffuse lungo il suo inguine. Rimproverandosi mentalmente, fece appello al proprio autocontrollo.

"Non sono assolutamente un genio, ma me la cavo discretamente e sarei felice di insegnarle quello che so."

"Credo che le piacerebbe."

Jules avvicinò Jemmah a sé fino a quando le loro cosce non si sfiorarono, e la mano di lui sulla sua schiena le mandò un brivido estremamente sensuale lungo la spina dorsale: minuscoli tremiti che provocarono deliziose scintille calde, le quali volteggiarono lentamente verso l'esterno finché tutto il suo corpo fu invaso dalla sensazione formicolante.

"Ho sentito la mancanza della nostra amicizia… di voi, Jemmah. Non mi ero reso conto di quanto, fino a ora.”

“Anche voi mi siete mancato.”

Era vero.

Le era mancato tantissimo.

Soprattutto da quando papà era morto e non le era rimasto più nessuno a fare da cuscinetto contro la durezza della mamma e la crudeltà di Adelinda.

Era un piccolo miracolo che Jemmah non si fosse amareggiata o non fosse arrivata a odiare e detestare sua madre e sua sorella. Più di ogni altra cosa, la loro condotta la intristiva.

Come potevano trattare qualcuno, ma soprattutto un famigliare, in maniera tanto sprezzante?

Il profumo di Jules – fresco, leggermente muschiato, con appena una punta di chiodi di garofano – la circondava.

Gli era così vicina che, nonostante la luce soffusa delle candele, riusciva a vedere la delicatissima ombra di barba lungo la sua mascella e, quando i loro sguardi si incrociarono, occhi di topazio brillante, leggermente confusi, la guardarono.

Lo sguardo di Jemmah scese sulla bocca di Jules e

quelle strane sensazioni che aveva provato prima germogliarono di nuovo.

Questa volta più forti, più insistenti.

La musica delicata svanì sullo sfondo quando Jules abbassò la testa, e la abbassò ancora, fino a quando la sua bocca – oh, la sua splendida, calda, morbida ma solida bocca – sfiorò quella di Jemmah.

In quel momento, Jemmah fu persa, completamente, irreversibilmente e immeritatamente.

Si alzò in punta di piedi, avvolse le braccia attorno al robusto collo di Jules e lo baciò con l'abbandono di una donna disperata che coglieva l'unica e sola occasione di baciare l'uomo che amava da anni.

Jules emise un profondo grugnito di gola, un suono primitivo e animalesco, nonché ancora più eccitante proprio a causa della sua grossolanità. Usando la lingua, percorse la fessura tra le labbra di Jemmah fino a farle aprire la bocca, e una sensazione assolutamente inebriante si diffuse a spirale in ogni fibra del suo essere.

Le loro lingue danzarono insieme, unendosi in una cadenza antichissima, mentre migliaia di raggi di luna si accendevano dietro le palpebre di lei.

"Jemmah, mia dolce, preziosa Jem," mormorò Jules contro il suo collo, la voce bassa e roca, un suono che le mandò deliziosi tremiti fino alle dita dei piedi. "Ditemi che potrò venirvi a trovare domani."

"Dandridge!"

Un grattare insistente proveniente dalla porta chiusa a chiave fece staccare all'istante Jemmah dall'uomo.

"So che siete lì dentro," disse una voce femminile in tono quasi sibilante. "Dobbiamo parlare. Questo non è il modo di trattare la futura duchessa di Dandrige."

4

La futura duchessa?

Ma come poteva essere?

Jemmah si portò le dita alla bocca pulsante e indietreggiò, allontanandosi da Jules.

Sentiva ancora il sapore di lui sulla lingua, avvertiva ancora la stretta delle sue braccia possenti, sentiva ancora il suo odore mascolino nelle narici. Quanto erano stati magnifici i suoi baci. E quanto era stata sciocca lei, per averli permessi, perché ora voleva di più.

L'intuito le suggeriva che non ne avrebbe mai, mai avuto abbastanza di lui.

"Dandridge. Rispondetemi."

Sgrat. Sgrat.

"Ho visto la piccola Dament sbattervi le sue tozze

ciglia. La duchessa e i vostri zii non approveranno. Non so come le Dament siano ammesse in luoghi rispettabili. Puzzano di bottega."

L'occhiata ustionante che Jules lanciò nella direzione della voce avrebbe fatto prendere fuoco al legno bagnato.

"Razza di bagaglio insopportabile dalla bocca larga," borbottò, con voce a malapena poco più alta di un sussurro.

Santa salsiccia, la mamma si sarebbe fatta venire un colpo se avesse saputo che Jules aveva baciato Jemmah. E che lei aveva ricambiato. E che era stata un'esperienza magnifica. E che lei l'avrebbe ripetuta senza la minima esitazione o rimorso.

E, mondo ladro, lei gli *avrebbe* permesso di venirla a trovare.

Certo che lo avrebbe fatto.

Beh, gli avrebbe suggerito di venire a prendere il tè. Non osava rischiare altro.

Ma se davvero Jules aveva preso l'impegno di sposare la signorina Milbourne…

No. Qualcosa puzzava di falso, anche se lei non

sapeva esattamente cosa, un po' come quella volta che una creatura di qualche genere era morta in un'intercapedine della sua camera da letto in soffitta.

Nessun uomo che avesse mostrato un simile onore, anche in veste di bambino riservato, diventava un farabutto senza scrupoli da adulto. Jules era fedele alla propria impressionante levatura morale.

Jemmah ci avrebbe scommesso. *Se* avesse avuto qualcosa di valore da scommettere.

Il minimo che poteva fare era ascoltare la sua spiegazione, soprattutto considerato che zia Theo aveva felicemente condiviso la notizia – battendo le mani e ridacchiando, e zia Theo non ridacchiava mai – che il duca aveva rifiutato il matrimonio con la signorina Milbourne, nonostante la reazione furibonda che quel gesto aveva provocato all'interno della sua famiglia.

In verità, il fatto che Jules fosse ancora libero da impegni era l'unica ragione per cui la mamma aveva accettato di venire, quella sera, e aveva costretto Jemmah a restare sveglia fino a tardi a cucire: per ficcare Adelinda sotto il naso di Jules, nella speranza che la figlia attirasse l'attenzione di quest'ultimo.

E come avrebbe potuto lui non notare lo splendore esteriore di Adelinda?

Tuttavia, la bellezza di facciata della sorella di Jemmah celava una donna completamente diversa, cosa di cui lei era perfettamente a conoscenza. Più spesso che no, era Jemmah il bersaglio della calcolata malignità di sua sorella.

Nulla, tuttavia, avrebbe scoraggiato la mamma dall'assicurare che Adelinda contraesse un matrimonio brillante prima della fine della Stagione, e il caro Jules aveva sull'ampia schiena un gigantesco bersaglio sul quale le due donne avevano puntato gli occhi astuti.

Jemmah avrebbe dovuto metterlo in guardia, ma di certo un uomo della sua statura sapeva che il Mercato dei Matrimoni lo considerava bestiame di prima scelta. Un'analogia vagamente degradante, ma precisa nella sua volgarità.

Col profilo aristocratico di Jules ancora angolato verso la creatura che grattava alla porta, Jemmah si concesse di guardarlo a suo piacere. Dalle scarpe scintillanti alle basette scolpite, decisamente più scure rispetto ai capelli, l'uomo emanava una bellezza pura e mascolina.

Certo, il suo naso era leggermente troppo prominente e la sua fronte e il suo mento un po' troppo accentuati perché la sua potesse essere considerata una bellezza classica, ma quello di Jules era un viso forte – un aspetto onorevole, degno di fiducia.

Un motivo in più per cui Jemmah non poteva permettere che la mamma o Adelinda affondassero i loro artigli in lui.

Non poteva proprio.

Jules meritava una persona gentile e premurosa quanto lui.

Non una ragazza egoista e vanesia a cui non importava nulla di lui e che – Jemmah non ne aveva il minimo dubbio – gli avrebbe reso la vita miserabile.

Per quanto sgradevole fosse, la signorina Milbourne era comunque preferibile ad Adelinda.

Lo stomaco di Jemmah si rivoltò in maniera nauseante e lei deglutì. Che idea disgustosa; come mangiare pudding ammuffito e infestato dalle larve.

Adelinda e la signorina Milbourne non lo

meritavano e, in quale modo, forse per istinto o forse perché lo amava da tanto – a onor del vero, non riusciva a ricordare un momento in cui non lo avesse amato – Jemmah sapeva per certo che nessuna delle due lo avrebbe reso felice.

La sua Annabel Bright avrebbe potuto farlo, perché le era parsa gentile e amichevole nell'unica occasione in cui l'aveva conosciuta.

In quell'orribile, indimenticabile giorno, il cuore di Jemmah si era frantumato come gusci d'uovo calpestati quando aveva appreso che Jules avrebbe sposato quella giovane perfetta come una bambola, delicata e generalmente squisita.

E quando Annabel era morta, Jemmah aveva pianto, soffocando di notte grandi singhiozzi ansimanti nel cuscino; aveva pianto per il lutto e la sofferenza di Jules.

Non riusciva a immaginare di piangere in quel modo se fosse stata la signorina Milbourne, o persino Adelinda, a morire. Jemmah ebbe un sussulto interiore di fronte a quello spregio così poco da lei.

Per fortuna, che lei sapesse, zia Theo non invitava

mai la signorina Milbourne a prendere il tè; e siccome la mamma sopportava a malapena la propria cognata, più spesso che no, anche lei rifiutava gli inviti.

Adelinda si alzava di rado prima di mezzogiorno e non aveva interesse a prendere il tè con sua zia più di quanto ne avesse a pulire caminetti o svuotare vasi da notte.

Entrambe cose che non aveva mai fatto, a differenza di Jemmah.

Lei non riusciva a non notare che i sentimenti di sua zia nei confronti della mamma sembravano identici. Anzi, Jemmah aveva sospettato per anni, ma soprattutto dopo la morte di papà, che l'atteggiamento cordiale e le continue offerte di ospitalità da parte di zia Theo fossero soprattutto a suo beneficio.

Oltre che per evitare che la mamma mettesse fine alle visite di Jemmah.

La qual cosa era improbabile come un improvviso favoritismo materno nei suoi confronti.

Inoltre, lei sapeva benissimo che zia Theo versava alla mamma un appannaggio mensile pensato per contribuire ai bisogni delle ragazze.

Jemmah non vedeva mai nemmeno uno scellino.

Anzi, quando aveva chiesto delle calze nuove per la serata, aveva ricevuto uno schiaffo sonante per la sua impertinenza. Le calze ruvide e riparate che le irritavano le dita dei piedi, oltre alla guancia ancora dolorante, erano le altre ragioni per cui aveva cercato rifugio nel salotto di zia Theo.

Di certo, l'indomani le sarebbero venute le vesciche ai piedi.

C'erano settimane in cui il tè con zia Theo e gli incoraggiamenti di sua zia erano l'unica cosa che le impedisse di crogiolarsi nell'autocommiserazione o di cadere preda della malinconia.

Trattata, in casa, poco meglio di Mary Pimble, la cameriera tuttofare delle Dament, Jemmah faceva tesoro del tempo che trascorreva a casa di zia Theo. Quelle erano le uniche ore libere da insulti o dagli ordini di eseguire qualche compito o incombenza per la mamma o per Adelinda.

"Dandrige." La voce si alzò di tono, trasformandosi in uno strillo irritato sull'ultima sillaba.

Toc, toc, tocchiti-toc.

"Aprite questa porta!"

TOC.

"Devo insistere."

La signorina Milbourne avrebbe potuto essere ammirata per la sua persistenza.

Se essa non fosse stata ai limiti del malsano.

Jemmah accennò col capo all'ingresso e la sua voce, una mera vestigia di suono, chiese: "Avete *davvero* preso accordi con lei?"

Non c'era bisogno di chiedere chi fosse *lei*, dato che la signorina Milbourne continuava a soffiare e grattare come un gatto selvatico rinchiuso in un barile di whisky.

"Assolutamente no. La signorina Milbourne si è convinta che io mi adeguerò alle preferenze di mia madre e dei miei zii, ma è in grave torto." Jules afferrò la mano di Jemmah, con delicatezza, ma abbastanza fermamente da impedirle di ritrarsi senza sforzi. Con l'indice dell'altra mano, le accarezzò la mascella. "Prima ero sincero, mia cara. Per favore, permettetemi di venirvi a trovare domani. Mi siete mancata più di quanto io possa esprimere a parole."

"Vostra Grazia–"

"Non potreste chiamarmi Jules, o Dandridge se preferite, quando siamo soli? Per favore?"

La bocca dell'uomo ebbe un guizzo sbarazzino e lei non riuscì a resistere e piegò le labbra in risposta.

Era sempre stato così. Jemmah era come argilla, morbida e malleabile, nelle sue mani.

"Preziosa Jemmah, forse preferireste un giro in carrozza lungo Hyde Park domani?"

Pere e polenta, no.

Sarebbe stato assolutamente inopportuno, da parte di Jules, venire a trovarla in casa, e un'uscita in carrozza sarebbe stata certamente segnalata. La mamma non era al di sopra di chiudere Jemmah in camera sua per assicurarsi che Adelinda godesse della piena attenzione del duca.

Per fortuna, egli non era incantato come la maggior parte degli uomini dallo splendore di sua sorella.

Quando Adelinda si sarebbe finalmente sposata – perché di sicuro, prima o poi, la sua bellezza avrebbe messo in trappola qualche sfortunato – quanto tempo ci sarebbe voluto prima che i suoi capricci e la sua lingua malefica oscurassero la sua bellezza incantevole e il poveraccio si pentisse della scelta fatta?

E tuttavia, Jemmah non poteva rifiutare la richiesta tentatrice di Jules più di quanto potesse ignorare l'impossibilità di una visita dell'uomo.

Il grattare e il mormorio frenetico alla porta erano finalmente cessati, ma il suo allarme crebbe.

Non poteva farsi trovare lì da sola con Jules.

Chissà cosa avrebbe fatto la mamma.

Jemmah lanciò un'occhiata ansiosa verso le altre porte.

"È impossibile. La mamma non vi permetterà di venirmi a trovare. Aveva sperato che Adelinda avrebbe attirato la vostra attenzione e si infurierà se voi mostrerete qualunque interesse nei miei confronti."

"Sì, me ne sono decisamente accorto questa sera. Tuttavia, non è Adelinda la sorella Dament che mi affascina. Ho sempre preferito quella con ciocche d'oro e di ambra che le brillano nei capelli e gli occhi di un azzurro così pallido che mi perdo nel loro colore ogni volta che li guardo." Jules le sfiorò col pollice il labbro inferiore. "Ed ella ha la bocca più tentatrice di tutte, morbida, dolce come il miele, con labbra che non vedo l'ora di assaggiare nuovamente."

L'uomo le sfiorò la bocca con la sua.

Dolce, sfuggente, una promessa silenziosa.

Gioia e, forse, una minuscola quantità di trionfo all'idea che Jules preferisse lei – la scialba e insignificante Jemmah – alla squisita Adelinda, le cantarono nelle vene. Un suono spigliato e festoso. E, per la prima volta in assoluto, una scintilla di speranza si accese nel suo spirito.

Per una volta, credette nelle rassicurazioni di suo padre, secondo cui lei era bellissima a modo suo, e un giorno avrebbe trovato l'uomo che l'avrebbe guardata con gli occhi colmi d'amore e l'avrebbe trovata bella.

"Sapete qual è il motto dei Dandridge, Jemmah?"

Lei scosse la testa. "No."

"La fede nelle avversità." Jules le sfiorò di nuovo le labbra con le proprie. "Troverò una soluzione, se me lo permetterete."

Lo stomaco di Jemmah spiccò di nuovo un balzo e l'aria le uscì dai polmoni in un respiro palpitante.

Quando lui la guardava in quel modo – come se lei fosse stata un gioiello preziosissimo, lo sguardo reverente eppure, al tempo stesso, leggermente velato – aveva l'effetto di una carica di cinghiali imbizzarriti e, sebbene la logica strillasse "No," il suo cuore disperato mormorava "Sì."

Sì. Sì. Sì.

Se quella era la sua occasione di trovare la felicità, per quanto breve o improbabile, allora, per tutti i diavoli – *sì, per tutti i diavoli!* – lei aveva tutte le intenzioni di coglierla.

"Mia zia mi ha invitata a prendere il tè domani."

La comprensione balenò sul volto di Jules e lei si concesse un altro, piccolo sorriso di vittoria.

"Ah, credo che Theo avesse accennato anche a me qualcosa di simile. Guarda caso, sono decisamente libero a quell'ora."

L'uomo prese la mano di Jemmah e, invece che sfiorarle con le labbra le nocche nude, la voltò e le baciò il polso.

Una scossa la percorse fino alla spalla mentre le sue ginocchia, quegli arnesi ridicoli e inutili, decidevano di trasformarsi in pappetta.

"Attenderò con ansia. Ora, se volete scusarmi," disse Jules, spegnendo tutte le candele tranne una, "ho promesso a Sabrina che sarò a casa per rimboccarle le coperte, questa sera. È anche il suo, di compleanno. Il secondo dalla morte dei suoi genitori, ma in occasione del primo non sapevamo se si sarebbe ripresa dall'incidente. Non voglio che si addormenti senza che io le abbia augurato la buonanotte."

Una tale ondata di emozioni ribollì nel petto di Jemmah che le lacrime le oscurarono la visuale mentre si infilava i guanti, cercando di ignorare le sfilacciature sulle punte delle dita.

"È fortunata ad avere uno zio tanto devoto. Potreste augurarle una buona giornata anche da parte mia?"

"Lo farò volentieri. Se posso permettermi, potrei anche dirle che le darete lezioni di disegno?" Jules la fece voltare verso l'altra doppia porta. "Naturalmente, parlerò con vostra madre e le spiegherò che intendo sdebitarmi."

La mamma avrebbe trattenuto per sé qualunque

guadagno, ritenendolo suo di diritto, e si sarebbe comunque aspettata che Jemmah facesse i lavori di casa.

"Onestamente, Dandridge, credo che sarebbe meglio se dessi lezioni a Sabrina quando verrò a prendere il tè. E, per favore, lasciate che gliele offra gratuitamente. Sono sempre ospite di zia Theo il lunedì e il giovedì. Potrei sfruttare uno di quei giorni per le lezioni, in modo che la mamma non si insospettisca."

La testa leggermente angolata, Jules la osservò. "Molto bene."

"Zia Theo, di solito, manda la carrozza a prendermi solo quando il tempo è brutto, ma stasera le spiegherò il nostro piano e le chiederò di mandarla in occasione di ogni tè. In questo modo, avrò più tempo per insegnare a lady Sabrina."

"Potremo discutere domani di quei dettagli. Ad allora, mia preziosa Jem." Jules le appoggiò entrambe le mani sulle spalle e, chinatosi, le baciò la fronte con tanta reverenza da farle quasi pensare che doveva tenere a lei quanto lei teneva a lui. "Andate. Io aspetterò un po' per salvare le apparenze, quindi raggiungerò l'ingresso della villa da un'altra strada."

Lei annuì. "D'accordo."

"E, Jemmah?"

"Sì?"

Una ciocca di capelli era ricaduta sulla fronte del duca, il quale, col calore che si irradiava dai suoi occhi color del brandy, somigliava davvero molto al giovanotto di cui lei si era innamorata.

"Vostra madre può lamentarsi quanto vuole, ma una volta presa una decisione, raramente mi lascio dissuadere. Intendo corteggiarvi."

5

Ammutolita, col cuore colmo di gioia, Jemmah annuì nuovamente e uscì dal salotto. Sentiva ancora il sapore e la sensazione della bocca di Jules sulla sua e avvertiva una strana pulsazione all'altezza del polso, come se le labbra di lui l'avessero marchiata.

Quando abbassò lo sguardo, si aspettava quasi di vedere il segno della sua bocca.

Qualche istante dopo, riportato all'ordine il sorriso esuberante, entrò furtivamente nella sala da ballo, inosservata come una mosca sul cornicione del soffitto. Nessuno badò a lei mentre si destreggiava tra gli invitati, diretta verso la sedia vuota accanto alla lady vedova Lockhart.

Le stupide gambe di Jemmah non avevano ancora ritrovato del tutto la loro forza dopo i baci devastanti di

Jules e, sentendosi leggermente sbilanciata, lei prese posto con gratitudine.

Sua Signoria le rivolse un sorriso radioso. "Dov'eri finita, bambina mia? Ti ho vista arrivare e speravo di fare quattro chiacchiere con te. È da un po' che non parliamo e tu sei sempre riuscita a illuminare la giornata di questa vecchia con la tua arguzia e la tua intelligenza."

"Siete molto gentile, milady. Anche io gradisco la vostra compagnia. La zia mi ha detto che avete un gatto, ora."

Con la coda dell'occhio, Jemmah intravide la signorina Milbourne battere il perimetro della pista da ballo, un mezzo broncio sul viso mentre il suo sguardo contrariato scrutava la sala da ballo. I suoi occhi si strinsero per un istante alla vista di Adelinda che ballava con l'altissimo duca di Sutcliffe dai capelli corvini.

La signorina Milbourne non avrebbe trovato colui che cercava.

Egli se n'era già andato.

"Proprio così," confermò lady Lockhart. "Una

cara, piccola tartarugata che ho chiamato Tarti. È un nome simpatico, non trovate?"

Lo sguardo della signorina Milbourne passò su di lei senza soffermarsi, allo stesso modo in cui chiunque avrebbe ignorato una pianta o un mobile.

Dopotutto, chi avrebbe mai sospettato che l'insipida signorina Jemmah Dament avesse appena trascorso venti splendidi minuti tra le braccia dell'illustre e, oh, tanto affascinante duca di Dandridge – proprio l'uomo che la bella Milbourne voleva per sé?

Una sicurezza a cui Jemmah non era abituata le raddrizzò le spalle e le sollevò leggermente il mento. Non si era mai sentita più attraente o meritevole che in quel momento, e doveva ringraziare Jules per la sua rinnovata sicurezza di sé.

La vedova le picchiettò delicatamente sull'avambraccio col ventaglio. "Sei pallida come un giglio, ma hai le guance rosse come lamponi. Ti senti bene?"

"Sì, milady. Mi sento benissimo." Davvero benissimo. Meglio di quanto si sentisse da molto tempo. "Confesso di essermi addormentata nel salotto, il che potrebbe aver contribuito al mio rossore."

Ma mai quanto i baci voraci di un certo duca.

"Tua madre mi è passata davanti tre volte mentre ti cercava. Parlava di un orlo strappato o qualcosa di simile. Non è capace di riparare un semplice strappo? Non so perché non possano occuparsene lei o sua sorella."

La disapprovazione serrò per un istante la bocca della vedova.

Jemmah era abituata a essere convocata urgentemente a tutte le ore del giorno e della notte per qualunque frivola necessità della mamma o di Adelinda.

Due mesi prima, aveva camminato per sei chilometri e passa sotto la pioggia scrosciante per acquistare del filo da ricamo blu barbo. Non azzurro o ceruleo, aveva insistito sua madre, ma barbo.

"Questo è mazzarino, Jemmah," l'aveva rimproverata la mamma quando lei era tornata a casa grondante acqua e tremante. "Per tua fortuna, ho deciso che il lavanda è un colore più adatto, altrimenti ti avrei rimandata indietro a prendere il colore di cui avevo bisogno."

Peccato solo per il raffreddore violentissimo che Jemmah aveva contratto in seguito alla sua camminata sotto l'acqua, il quale l'aveva lasciata a starnutire, col naso e gli occhi rossi, per una settimana intera.

In un'altra occasione, lei era stata svegliata nelle prime ore del mattino perché sua sorella non riusciva a dormire e aveva pensato che una tazza di cioccolata calda sarebbe stata la cura perfetta per l'insonnia.

Jemmah aveva doverosamente intrapreso il lungo processo di preparazione della bevanda, solo per trovare Adelinda che dormiva della grossa quando le aveva portato la cioccolatiera e la tazza richieste.

Accoccolata sulla cassapanca sotto la finestra, con una coperta lacera sulle spalle mentre guardava le stelle che luccicavano tra le nuvole illuminate dalla luna sui tetti, Jemmah aveva bevuto fino all'ultima goccia della bevanda.

Era stato un piacere raro.

Oh, e come dimenticare quando, il mese prima, la famiglia era stata invitata alla serata in casa Silverton.

Jemmah non aveva potuto partecipare,

naturalmente.

Dopotutto, dalla morte di papà, la famiglia era in ristrettezze e, naturalmente, il denaro bastava per commissionare un solo abito nuovo.

Per la figlia maggiore.

Sempre la dannatissima figlia maggiore.

Quella era la scusa per quasi tutte le privazioni che Jemmah era costretta a subire.

Ciò nonostante, lei aveva doverosamente vestito e acconciato Adelinda, permettendole persino – dopo che sua madre le aveva ordinato di smetterla di essere tanto egoista – di prendere a prestito i suoi guanti migliori e i delicati orecchini di perla che papà le aveva regalato per il suo sedicesimo compleanno.

Adelinda aveva smarrito i guanti e perso un orecchino.

Mentre Jemmah aveva lottato contro lacrime amare, Adelinda aveva messo il broncio. "Sai che non devi prestarmi le tue cose. Le perdo sempre, Germe."

Germe. L'odiato nomignolo con cui Adelinda insisteva a chiamare Jemmah.

La mamma lo trovava simpatico e divertente, uno

sfoggio di affetto fraterno.

Che mucchio di idiozie. 'Cattivo' e 'crudele' erano descrizioni più adatte.

Tuttavia, l'unica volta in cui Jemmah aveva osato chiamare Adelinda 'Adder[2]' – un nomignolo adatto, poiché 'Adelinda' significava 'nobile serpente' – la mamma l'aveva insultata per trenta minuti buoni prima di mandarla a letto senza cena.

Le era di poco conforto sapere che 'Jemmah' significava 'gemma preziosa', mentre il nome di sua sorella si riferiva a una creatura fredda, strisciante e infida.

Il nome della mamma, 'Belinda', significava 'bel serpente', la qual cosa era probabilmente il motivo per cui l'aveva tanto irritata sentire Jemmah che chiamava Adelinda 'Adder'.

Una risata roca colmò l'aria.

"Davvero ti sei addormentata, mia cara? Mentre tutte queste giovani donne cercano di accalappiarsi un marito, tu pisoli nel salotto di Theo. Per tutte le peripatetiche di Canterbury, ti ammiro davvero."

---

[2] "Adder" significa "marasso", una specie di vipera (ndt).

"Non c'è bisogno di ammirarmi, ve lo assicuro. Semplicemente, questa mattina non sono andata a letto prima delle cinque." Jemmah si leccò il labbro inferiore e cercò con lo sguardo un lacchè. "A onor del vero, ho molta sete."

La vedova fece schioccare la lingua in maniera benevola. "Le cinque, dici? *Bah*."

Lady Lockhart emise un brusco suono di disapprovazione.

"Scommetto che rimanere in piedi per tutta la notte non è stata una tua scelta." La vedova aprì la bocca, quindi la serrò. "Gradirei io stessa un bicchiere di punch, mia cara. Potresti fare una cortesia a questa vecchia e portargliene una tazza?"

"*Punch?*"

Jemmah cercò di nascondere lo stupore. Le donne non bevevano quella bevanda tanto alcolica. "Siete sicura di non preferire del ratafià?"

"È troppo stucchevole." Gli occhi che brillavano maliziosi, la vedova scosse la testa e le piume di struzzo incorporate nella sua elegante acconciatura annuirono il loro assenso.

"Della limonata? O magari dello champagne ghiacciato?" propose speranzosa Jemmah. Speranzosa e disperata, a onor del vero.

"Credo proprio di no. Sono troppo insipidi. Come gli uomini, preferisco qualcosa di un po' -anzi, di molto – più vigoroso e intenso."

Non credendo alle proprie orecchie e cercando di tenere a bada il calore che le stava risalendo le guance, Jemmah fece un ultimo tentativo.

"Tè? Vino?"

Dio, non poteva andare al tavolo come se nulla fosse e prendersi un bicchiere di punch. Le lingue avrebbero cominciato a sventolare più in fretta delle bandiere durante un uragano.

Inclinando la testa, il buonumore che duellava con la pazienza nel suo sguardo, la vedova ridacchiò. "Mia cara signorina Dament, credi davvero che nessuna delle signore qui presenti consumi mai alcolici?"

Non in pubblico.

"Guarda laggiù, accanto a lord Brucociglio." Col bastone da passeggio, la lady vedova Lockhart indicò una dama prosperosa.

Lord Dunston ha effettivamente delle sopracciglia piuttosto vistose.

"Vedi lady Spaccaocchi?"

Come potrei non vederla, con quell'abito color primula?

"Lei e il suo notevole posteriore si allontanano regolarmente per consentirle di bere un sorso dalla fiaschetta che tiene nascosta nella borsa."

Jemmah si morse l'interno di una guancia per trattenere una risatina.

"Laggiù." La vedova mosse il bastone verso una dama dall'aria regale, l'epitome dell'eleganza dell'*haut ton.* "Lady Trista–"

"Credo che quella sia lady Tristran–"

"*Bah.* È triste e fredda come un rospo morto di freddo su una tomba. Ma non è questo il punto. Sua Signoria è molto astuta: nella sua vinaigrette tiene del whisky, al posto dell'ammoniaca o dei sali."

Come aveva fatto Jemmah, per tutto il sale del mare, a dimenticare le… ehm… etichette *uniche* che l'astuta vedova appiccicava agli altri? A volte, lady Lockhart spiegava il significato vero e proprio di un nome, ma in altre occasioni, come aveva appena dimostrato, faceva sagaci giochi di parole.

Una luce riflessiva cominciò a brillare negli occhi dallo slavato color topazio di Sua Signoria. "Persino lady Wimpleton, che io ammiro molto, si concede l'occasionale sorsetto."

Jemmah rise e sollevò le mani in un gesto di sconfitta. "Avete vinto, milady. Tornerò a breve. Pregate che mia madre non mi scorga."

Anche se non sapeva come avrebbe fatto a svolgere il compito senza che la mamma non lo venisse a sapere o senza che qualche altra dama ficcanaso decidesse che era suo dovere rimproverare Jemmah.

"Sono in grado di affrontare Belinda, mia cara. Sei gentile ad assecondare le idiosincrasie di una vecchia."

Mentre Jemmah si avvicinava al tavolo, un lacchè intento a riempire un vassoio di bicchieri di punch le sorrise cordialmente. "Buonasera, signorina Jemmah. Mary aveva detto che sareste venuta al ballo di vostra zia."

"Frazer Pimble, giusto?"

Ecco la risposta al dilemma di Jemmah. Era stata la Provvidenza a farle incrociare il fratello della sua domestica.

"Sì." L'uomo annuì una sola volta, con un sorriso gentile che sottolineò la spruzzata di lentiggini sul suo naso e le sue guance.

"Potrei chiedervi un favore?" Quando il lacchè annuì, Jemmah si voltò verso il lato ovest della sala da ballo. "Vedete quella splendida signora vestita d'oro e di nero, con delle piume di struzzo nere tra i capelli? Quella con un bastone in mano, che sta guardando nella nostra direzione?"

"Sì, signorina."

"Vorrebbe un bicchiere di punch e io non oso portarglielo." Jemmah si chinò leggermente più vicino all'uomo e mormorò: "Immaginate i pettegolezzi? Sareste così gentile da versarne una porzione in una tazza da tè per lei?"

Frazer si lanciò una rapida occhiata attorno. "Ci penso io, signorina. Desiderate anche voi qualcosa da bere? Se posso permettermi, mi sembrate un po' affaticata."

"Gradirei molto della limonata, se non è troppo disturbo."

Il lacchè annuì e ammiccò discretamente. "Tornate pure al vostro posto; arriverò subito."

Jemmah tornò a sedersi e si era appena voltata per spiegare il piano alla vedova quando, fedele alla parola data, Frazer le raggiunse, portando un vassoio con un bicchiere di limonata in aggiunta a una tazza con piattino.

Il lacchè offrì la tazza all'anziana dama e le sopracciglia di lady Lockhart risalirono fino alle rughe sulla sua fronte e rimasero lì, sospese.

"Tè?" protestò la vedova, trafiggendo Jemmah con un'occhiata. "Sono sicura di averlo rifiutato."

"Oh, ma questa è una miscela *molto* speciale, milady. Sono certo che vi piacerà molto." Frazer inclinò la testa e gli occhi della vedova si spalancarono.

Lady Lockhart bevve un sorso delicato, quindi sorrise di gioia pura. "È vero. Una miscela eccezionale. Grazie."

Frazer le lasciò sole e Sua Signoria rivolse a

Jemmah uno sguardo carico di approvazione.

"Ben fatto, signorina Dament. Siete stata davvero intelligente." Lo sguardo acquoso della vedova scavò dentro a Jemmah per un lungo istante prima che lei annuisse lentamente, come se fosse giunta a una conclusione. "Stavo pensando di patrocinare una giovane meritevole, questa Stagione; qualcuno che mi facesse anche da dama di compagnia. Sarei onorata se voi prendeste in considerazione la mia proposta."

Jemmah si strozzò con la limonata.

Con le lacrime agli occhi e deglutendo per scacciare il bruciore alla gola, rimase a bocca aperta.

Perdindirindina.

Una via di fuga?

Un modo per sfuggire alla mamma e ad Adelinda?

Jemmah agitò le dita dei piedi e saltellò per la gioia sulla sedia.

Zia Theo aveva cercato per anni di convincere la mamma a permettere a Jemmah di andare a vivere con lei, ma, in tutta onestà, la mamma era riluttante a perdere la possibilità di usare Jemmah come serva.

Ma rifiutare il patrocinio della vedova?

La mamma non lo avrebbe mai fatto.

L'unica cosa per lei più preziosa di Adelinda era il denaro, di cui le Dament erano perennemente a corto.

Jemmah appoggiò la mano su quella della vedova. "Sarebbe per me un immenso onore farvi da dama di compagnia, milady. Non è necessario che mi patrociniate: non sono fatta per feste, balli e simili."

"Ah, che sciocchezza. Che baggianata. Ma certo che lo sei, mia cara," la rassicurò lady Lockhart. "Ma se questo ti mette più a tuo agio, potrai cominciare subito come mia dama di compagnia. Affronteremo la questione del patrocinio con più calma."

"Dama di…?" La mamma le raggiunse di soppiatto, con un sorriso sottilissimo e forzato che le curvava la bocca. "Se qualcuno deve ricevere il patrocinio di Sua Signoria e il privilegio di farle da dama di compagnia, deve trattarsi, naturalmente, di Adelinda. Sono certa che capirete, milady. Dopotutto, è la maggiore."

Lunga vita alla maggiore.

Bah!

"Ti sei completamente rincitrullita, mamma?"

sibilò Adelinda vicino all'orecchio materno; il suo abituale sorriso artificiale la faceva sembrare una mite innocentina a occhi poco attenti. La furia nei suoi occhi color del caffè raccontava una storia del tutto diversa.

Lady Lockhart rivolse a Jemmah un'occhiata alla 'Sapevo che avrebbe pontificato'.

Adelinda continuò a brontolare, la bocca tinta di rosso contratta in un broncio.

"Ti aspetti che *io* faccia da serva a un'altra? A una *vecchia?* Che sia a sua disposizione?" Sbuffò offesa, agitando una mano verso la vedova mentre sollevava il mento delicato con arroganza sprezzante. "*Io* non sono fatta per fare la dama di compagnia. Soprattutto non per una vecchia megera sorda e senile."

Il mento di Adelinda si abbassò di un paio di centimetri, come se fosse stata una sovrana intenta a concedere un favore. "Jemmah potrà fare da dama di compagnia e io, in quanto figlia maggiore, accetterò il patrocinio."

Gne gne gne.

Adelinda aveva pronunciato le ultime parole con

l'autorevolezza e l'egoismo viziato di una principessa reale.

Jemmah sollevò il bicchiere e diede un'occhiata alla vedova.

Lady Lockhart piantò saldamente le mani nodose sull'impugnatura dal motivo floreale del suo bastone da passeggio e lanciò ad Adelinda un'occhiataccia carica di una tale, furiosa incredulità che solo le sue iridi rimasero visibili.

Sarà divertente.

Sua Signoria era esattamente il tipo di persona capace di rovesciare Adelinda e il suo pretestuoso senso di superiorità dal piedistallo che lei stessa si era attribuita e farla cadere sul suo sedere tondo tondo.

"Vecchia e megera lo sono di sicuro, ma non sono per nulla sorda, signorina Dament."

Jemmah si morse l'interno di una guancia.

Divertentissimo.

Lo sguardo della vedova passò su Adelinda, che non ebbe nemmeno la decenza di mostrarsi mortificata, quanto piuttosto sprezzante.

"Dovrei essere senile per prendere in

considerazione *voi* per la posizione. Ma dato che essa è già occupata dalla vostra incantevole sorella, non è necessario preoccuparsi a tal proposito, vero?" Lady Lockhart dedicò a Jemmah un sorriso ampio – e, sì, decisamente soddisfatto – a bocca chiusa. "Oh, e le due cose vanno di pari passo. Mi riferisco, per evitare confusione, al patrocinio e all'impiego."

Il sorriso di Adelinda vacillò e il dispiacere le contrasse la bocca. Tuttavia, abile com'era nell'artifizio, la sorella di Jemmah celò rapidamente i propri veri sentimenti e incalzò.

"Milady, non vorrete sprecare tempo e denaro per la mia banale, del tutto insignificante sorella, quando entrambi sarebbero decisamente meglio investiti in quella di noi due che ha le maggiori attrattive. Quel piccolo rospo non vale certo lo sforzo, e temo che il risultato non vi soddisferebbe."

Adelinda inclinò la testa ed evocò la sua espressione più stucchevole, ammaliante e falsa come una parrucca viola in testa a un asino. Quell'espressione costruita ad arte che consentiva all'adorata ragazza viziata di ottenere qualunque cosa volesse.

"Ti ringrazio per le tue parole gentili, *sorella*." Jemmah non poteva attribuire l'acidità della sua lingua al sapore della limonata che le era appena andata di traverso.

Come poteva Adelinda essere così crudele, insensibile e stupida?

Adelinda rise, ma la risata in cui si era spesso allenata davanti allo specchio suonò vuota e sgradevole piuttosto che leggera e musicale. Aperto di scatto il ventaglio, si mise a giocherellare con le stecche, l'aspettativa che ancora inarcava le sue sopracciglia arcuate.

Ha la testa dura come il pane nero.

"Bah."

Un suono molto simile a una risata nasale o a un'imprecazione soffocata sfuggì a lady Lockhart. L'anziana cercò qualcosa nella borsetta, quindi sollevò lo sguardo trionfante mentre estraeva un paio di occhiali dalla montatura sottile. "A-ha, eccoli qua."

Li porse ad Adelinda.

"Credo che ne abbiate più bisogno di me, se

credete che vostra sorella vi sia inferiore in qualunque ambito, ma soprattutto nella bellezza."

Lanciando una sfida silenziosa, anche le sopracciglia della vedova si sollevarono.

Le due donne si guardarono storto a vicenda, le sopracciglia sollevate e gli occhi che scagliavano pugnali in una battaglia silenziosa.

Di fronte alla visione delle sopracciglia di lady Lockhart e di Adelinda che duellavano, Jemmah soffocò una risata.

"Non riesco a credere a questa infamia." Adelinda fu la prima a distogliere lo sguardo e, come faceva sempre, rivolse un'occhiata accusatoria a Jemmah. "Da quanto tempo complotti alle mie spalle, Germe? Da quanto ti insinui nelle grazie di Sua Signoria per rubarmi questa opportunità?"

"Adelinda, sai bene quanto me che di rado mi viene permesso di partecipare a questi eventi, e che non godo del piacere della compagnia di lady Lockhart da mesi. E–"

"Un anno, due mesi e… ah…" Lady Lockhart strizzò gli occhi mentre osservava il soffitto, muovendo silenziosamente la bocca. "Dodici giorni. Era il giorno di San Valentino dell'anno scorso."

L'anziana rivolse un'occhiata eloquente a Jemmah. "Hai trascorso la maggior parte del pomeriggio nascosta in biblioteca."

Come fa a ricordarselo?

La mamma parve risvegliarsi dal proprio stupore e toccò l'avambraccio di Adelinda. "Ne parleremo più tardi, cara."

Dopo aver bevuto un lungo sorso dalla tazzina – Dio sapeva che ne aveva bisogno dopo aver affrontato Adelinda e la mamma – la vedova rivolse a Jemmah un sorriso soddisfatto. "Domani, dopo il tè, dovremo vedere di procurarti un guardaroba adatto a una giovane donna del tuo nuovo rango."

"Ma… ma…" Il viso contorto dall'invidia, e apparentemente ignara della piccola folla che si era radunata attorno e che ascoltava a orecchie tese ogni singola parola pronunciata a sproposito, Adelinda si piantò le mani sui fianchi e si rivolse alla loro madre.

"Mamma, di' a Germe che non può. Che non lo permetterai."

Jemmah si irrigidì.

No. No. No.

Non le avrebbero sottratto quell'opportunità.

La mamma aprì bocca, ma prima che potesse accontentare Adelinda, la voce di zia Theo lacerò l'aria, forte e salda.

"Oh, lo permetterà, eccome."

L'attenzione di tutte si rivolse a zia Theo, che si era avvicinata senza essere notata a causa della sgradevole scenata di Adelinda e del semicerchio di spettatori affascinati che aveva bloccato loro la visuale.

Sorridendo ai suoi ospiti, zia Theo inclinò la testa prima di suggerire: "Sono sicura che mi concederete di conversare in privato per un momento con la mia famiglia."

Mentre zia Theo prendeva cordialmente la mamma e Adelinda sottobraccio, gli spettatori si diedero alla fuga come scarafaggi alla luce del sole. Dopo aver preso in disparte la madre e la sorella di Jemmah, zia Theo abbassò la testa, il viso duro come il granito.

"Tu esageri, Theodora. Sarò io a decidere quale

delle mie figlie è più adatta a quell'impiego." La mamma rivolse ad Adelinda un'occhiata soddisfatta, di sbieco.

"Come ho già detto, Belinda, tu concederai questo onore a Jemmah. Perché se dovessi rifiutare…" Zia Theo rivolse uno sguardo colmo d'ira dritto verso Adelinda. "… questa ragazzina egoista e viziata conoscerà appieno il mio dispiacere, e ti assicuro che, dopo che avrò finito con lei, nemmeno un merciaio prenderà in considerazione Adelinda come possibile moglie."

6

Sospirando, sentendosi più felice di quanto non si sentisse da… beh, da mesi, forse da anni… Jules si slacciò il fazzoletto e, dopo averlo buttato sul tavolo barocco francese dietro il divano, si lasciò cadere sui cuscini coperti di damasco color antracite.

Aveva augurato la buonanotte a una Sabrina dalle palpebre calanti, quindi si era ritirato nel suo studio per riflettere sui notevoli sviluppi della serata.

O meglio, su un evento specifico.

Era incappato per caso in Jemmah Dament e, in un attimo, la sua vita era cambiata.

Si portò due dita alle labbra e non si stupì di trovare un sorriso stupido che gli curvava la bocca. Nelle ultime due ore, aveva sorriso più di quanto lo avesse fatto in due anni, e il provvidenziale incontro con Jemmah lo aveva avviato lungo una nuova direzione.

Una direzione che lui pregustava con entusiasmo, per tutti i grilli cinguettanti che suonavano una maestosa sinfonia oltre la porta a vetri dello studio.

Aveva trovato il suo diamante grezzo.

Forse non tanto grezzo, con l'eccezione dell'abbigliamento umile.

Sarebbe bastata una bella lucidata per far brillare Jemmah, e allora tutti coloro che l'avevano ignorata, che avevano trascurato il suo splendore, avrebbero stretto i denti dalla rabbia.

Jemmah era sbocciata in una donna bella e sensuale. Alta, leggiadra e con delle deliziose curve femminili, due delle quali lo avevano provocato spietatamente da sopra il corpino, i suoi lineamenti e la sua forma si erano impressi nella memoria di Jules.

Una risatina autoironica, ma colma di gioia, si fece largo dal suo petto per poi colmare tonante la stanza silenziosa e illuminata dal fuoco.

Appena qualche ora prima, si era dichiarato indifferente all'idea del matrimonio; e ora stava calcolando entro quanto avrebbe potuto prendere in moglie l'affascinante, arguta, un po' timida e goffa, ma assolutamente deliziosa e preziosa Jemmah Dament.

Se qualcuno gli avesse chiesto come poteva esserne tanto certo, Jules non avrebbe potuto rispondere con logica e ragionevolezza, perché nessuna delle due aveva nulla a che vedere con la leggerezza – sì, per tutti i sigari di White's, la *leggerezza* – che vibrava dentro di lui.

Lo sapeva e basta.

Tutto lì.

Non c'era assolutamente nulla di lucido in tutto ciò.

Come gli animali selvatici riconoscevano la loro prole, come un fiume sapeva da quale parte doveva scorrere la sua corrente, come i volatili selvatici sapevano di dover volare a sud per l'inverno e come il sole sapeva di doversi alzare tutte le mattine, per poi calare lentamente ogni sera…

Lui lo sapeva.

Assonnato, felice e risoluto, Jules chiuse gli occhi e sognò il momento in cui avrebbe rivisto la sua preziosa Jemmah dagli occhi di cielo.

L'indomani era troppo presto per una proposta di matrimonio?

"Signorina Jemmah. Dovete alzarvi subito. La padrona vuole che fate una commissione."

A quel sussurro ansioso e con le piccole mani di Mary Pimble che le scuotevano insistentemente la spalla, Jemmah socchiuse un occhio. Con un rivoletto di bava che colava da un angolo della bocca e la testa appoggiata agli avambracci, passò in rassegna con lo sguardo l'assortimento di fogli, penne e disegni sparso a pochi centimetri dalla sua linea di vista.

Doveva essersi addormentata sui suoi schizzi mentre cercava di decidere quali portare con sé per mostrarli a Jules durante il tè.

Dopo essersi asciugata la bocca, sbadigliò e sbatté assonnata le palpebre.

Per tutto il brandy britannico, nessuno poteva rimproverarla per essersi appisolata.

Dopotutto, l'orologio aveva battuto le due prima che lei avesse finito di svestire la mamma e Adelinda, avesse scaldato le loro lenzuola e acceso il fuoco nelle loro stanze, il tutto sopportando le rancorose litanie delle due sui motivi per cui avrebbe dovuto essere Adelinda a riscuotere il favore della vedova, non Jemmah.

La loro furia condivisa per il fatto che zia Theo avesse minacciato, senza mezzi termini, di cessare ogni sostegno economico, aveva fatto quasi venire un colpo apoplettico alla mamma, e per la prima volta in vita sua Adelinda era arrossita furiosamente in viso mentre singhiozzava e inveiva col viso premuto contro il suo povero cuscino.

Jemmah inarcò la schiena rigida e allungò le braccia verso l'alto per stiracchiarsi, sfiorando quasi con le dita le ruvide travi del soffitto inclinato.

"È arrivata anche una lettera per voi. L'ho nascosta nella tasca." Con gli occhi spalancati e curiosi, Pimble mormorò: "Viene da un *duca*."

Un brivido palpitò nella pancia di Jemmah.

Pimple tirò fuori il rettangolo dal nastro verde

scuro dal grembiule e lanciò uno sguardo preoccupato alla porta mentre Jemmah si alzava e si stiracchiava di nuovo, lanciando un'occhiata alla strada trafficata.

Benedetta Pimble.

Non sarebbe stata la prima volta in cui la mamma o Adelinda intercettavano una lettera indirizzata a Jemmah.

"Grazie, Pimble."

Jemmah accettò la lettera, su cui era stampigliato il sigillo di Dandridge.

La mamma l'avrebbe sicuramente confiscata. Aveva puntato Dandridge per Adelinda.

Jemmah voltò la lettera per esaminare la grafia vigorosa e precisa sul dorso.

Peccato che il duca avesse altri piani.

Il sorriso che curvò la bocca di Jemmah mentre percorreva le lettere con la punta di un dito era forse un tantino festoso.

O parecchio.

Per una persona che raramente la spuntava, quel trionfo era molto più profondo. Qualcosa di cui fare tesoro e tenere nascosto, lontano da occhi indiscreti. La sua minuscola camera da letto – un tempo un alloggio per la servitù, appollaiata tre piani sopra la strada – le consentiva quel lusso.

La mamma e Adelinda detestavano salire le scale, soprattutto quell'ultima rampa stretta e ripida, e la stanza era in generale fredda come l'Artide o calda da ustionare. Ma quella camera fungeva da rifugio privato di Jemmah da oltre un decennio e lei era contenta, lì, anche se non c'erano comodità.

Ruppe il sigillo e, approfittando della luce che penetrava dalla finestra, lesse la grafia poco familiare.

Mia carissima signorina Dament,

Sono ansioso di rinnovare la nostra amicizia e sarebbe per me un grandissimo onore se mi permetteste di accompagnarvi a teatro, questa sera.

Verrà anche Theo, dunque saremo bene accompagnati.

Attendo l'ora in cui potrò vedervi oggi

Dandridge

Un piacere segreto e acuto curvò di nuovo la bocca di Jemmah mentre ripiegava la lettera.

Era incredibile come, in meno di ventiquattr'ore, le sue prospettive fossero cambiate in maniera tanto drammatica. Andare a teatro era fuori questione, naturalmente. Lei non aveva letteralmente nulla da mettersi per un'occasione tanto importante; non che si lamentasse.

La sera prima, non aveva avuto quasi nulla a cui guardare; e ora…

Beh, tanto per cominciare, Jules sarebbe venuto a prendere il tè, e forse anche lady Sabrina. Lo stesso avrebbe fatto la sua futura datrice di lavoro, la lady vedova Lockhart.

Che dio avesse cara quell'adorabile, volitiva donna.

La sera prima, imperturbata e perfettamente consapevole della propria posizione e del proprio potere, la vedova aveva guardato dritto negli occhi la mamma con fare regale.

"Farete meglio a insegnarle a ritrarre gli artigli." La vedova aveva mosso la testa grigia verso Adelinda, con le piume di struzzo tra i suoi capelli che si percuotevano per il movimento. "L'invidia trasforma le più belle tra le giovani in creature brutte e sprezzanti, che nessuno vuole avere accanto a sé. Non è una bella cosa, ve l'assicuro. E se entrambe volete continuare a essere le benvenute in società, come ha suggerito Theo, vi comporterete come ci si aspetta da chi gode di tale privilegio."

Jemmah aveva faticato a non applaudire.

Si sarebbe permessa un sorriso più trionfante se, dannazione alle sue scarpe consunte, non avesse provato compassione per la mamma e per Adelinda. Soprattutto perché nessuna delle due aveva mostrato la minima mortificazione o rimorso e il biasimo negli sguardi di coloro che avevano assistito alla conversazione l'aveva fatta avvampare per l'imbarazzo per conto della sua famiglia.

Era sempre stato così.

Poteva anche formulare pensieri poco lusinghieri e, occasionalmente, borbottare sottovoce, e ne aveva ben donde. Ma alla fine, una speranza profonda che la mamma e Adelinda cambiassero – o forse si trattava di un mero desiderio destinato a non essere mai soddisfatto – risvegliava sempre quel che restava della sua compassione.

Un attimo dopo, la carrozza di zia Theo si fermò di fronte al loro umile cottage, attirando le occhiate incuriosite dei passanti. Ma questa volta, la pregustazione di Jemmah all'idea di allontanarsi per qualche ora era più forte che mai.

Quel giorno poteva anche essere l'ultimo in cui sarebbe tornata in quella casa come residente.

In seguito, sarebbe stata una semplice ospite; se la mamma avesse mai deciso di invitarla.

Jemmah avrebbe fatto meglio a non trattenere il fiato in attesa di quell'invito.

A differenza di Jemmah, la mamma non perdonava facilmente.

"Buona notizie, signorina?"

Pimble stava prendendo tempo, senza combinare granché; ma ogni momento che la domestica trascorreva lì era assai più piacevole che ritornare di sotto.

"Diciamo di sì."

Meglio non rivelare ancora troppo a Pimble. Jemmah si infilò la lettera nella borsetta; aveva troppa paura a lasciarla nella stanza.

"La mamma si è alzata prima di quanto mi aspettassi."

La servitrice le offrì un sorriso sghembo e colmo di scuse. "E, se posso permettermi, anche di umore peggiore che mai."

Il fatto che la mamma si fosse svegliata prima di mezzogiorno era un miracolo, che garantiva che sarebbe stata nervosa per il resto della giornata. Per la povera Pimble, le cose andavano molto peggio quando la mamma o Adelinda erano scontrose. Entrambe erano pungenti e difficili da maneggiare quanto un porcospino infuriato.

"Jemmah, vuoi perdere tempo per tutto il giorno?"

Col respiro affannoso, le gonne che le sventolavano all'altezza delle caviglie, la mamma entrò con passo pesante nella camera di Jemmah. Il suo bel viso paffuto e leggermente arrossato si contrasse con aria contrariata quando il suo sguardo si posò sui numerosi disegni attaccati con delle puntine alle travi, che spaziavano da abiti alla moda a uccelli appollaiati su rami fioriti.

"Ho mandato Pimble a chiamarti mezz'ora fa. Com'è che siete ancora qui?"

Jemmah lisciò le pieghe del suo semplice abito da giorno verde pomona, o almeno ci provò, prima di mettersi di fronte al piccolo specchio rettangolare e leggermente sfocato appeso a una trave portante.

Si lisciò i capelli e fermò alcune ciocche fuggiasche mentre guardava sua madre nel riflesso.

Pimble uscì a testa china e si diede alla fuga.

Intelligente, la ragazza.

Se solo Jemmah avesse potuto fare lo stesso.

"Sono passati solo dieci minuti, mamma, e temo che la commissione dovrà aspettare fino a quando non sarò tornata dalla visita a casa di zia Theo e dal giro di acquisti con la vedova." Jemmah indicò con le dita la finestra ad arco a quattro pannelli, la cui parte inferiore destra era segnata da una lunga crepa. "La carrozza mi aspetta già di fuori."

Osservando il proprio riflesso, si accigliò.

Cerchi scuri le segnavano gli occhi e l'abito, la cui

tinta donava molto ad Adelinda, le faceva sembrare giallastra là pelle. Era davvero ansiosa di procurarsi un abito o due dai colori che si abbinassero alla sua carnagione, piuttosto che indossare altri capi smessi da Adelinda, come faceva da che aveva memoria.

Questo la rendeva superficiale, o semplicemente una tipica donna a cui piaceva avere il suo aspetto migliore?

Soprattutto ora che aveva un motivo per interessarsi al proprio aspetto?

Miseriaccia, se solo avesse avuto un fisciù da applicare attorno al collo per ridurre l'effetto mortificante di quell'abito sul suo aspetto. Magari avrebbe potuto tenere addosso la redingote?

"Dimmi di cosa hai bisogno, mamma, e sarò felice di occuparmene prima di tornare a casa. O forse, se si tratta di una faccenda molto urgente, potrebbero occuparsene Pimble o Adelinda."

Per nulla intenerita, sua madre si allontanò dal tavolo sul quale aveva frugato fino a quel momento, accigliandosi o facendo occasionalmente smorfie di fronte a ciò che vedeva.

"Non fare l'impertinente con me, signorina. Sai benissimo che Pimble ha già abbastanza lavoro da fare e, finché abiterai qui, tu dovrai fare la tua parte."

Come fa Adelinda?

"Non sei ancora l'animale da compagnia di lady Lockhart," scattò la mamma, gettando i disegni che stava esaminando sulla superficie segnata e irregolare del tavolo.

Per il tesoro di re Salomone, se Adelinda non fosse stata ancora a letto – a *russare* – Jemmah avrebbe saltato la colazione. Il suo sguardo cadde sulla poltiglia poco appetitosa nella ciotola di legno sulla sua scrivania.

Ah, già. Aveva già rinunciato alla colazione a base di porridge insipido.

La mamma le lanciò un'occhiata sprezzante e incrociò le braccia. "Sai benissimo che avrebbe dovuto essere tua sorella, in quanto maggiore, a godere della benevolenza di lady Lockhart."

Ah, ecco il vero motivo per cui la mamma si era inerpicata fin lassù.

"Una figlia ligia al dovere e una buona sorella

avrebbero insistito. Non riesco davvero a concepire il tuo egoismo, Jemmah. Proprio non riesco. Se non che…" La mamma sollevò il mento e tirò su col naso con aria sprezzante. "… sei figlia di tuo padre."

Un affondo di daga in mezzo alle costole le avrebbe fatto meno male.

Jemmah si voltò di scatto, l'incredulità e l'ingiustizia che spingevano la sua ira a un livello prima intoccato.

Dal gancio fissato alla parte opposta del pilastro, afferrò il semplice cappello di paglia e la redingote di un azzurro sbiadito vecchia di sette anni, più adatti a una ragazza adolescente che a una donna adulta.

"Non sono mai stata volutamente egoista, né ho mai trattato te o Adelinda con una frazione della cattiveria che voi mi usate regolarmente." Jemmah scacciò le lacrime pungenti che le sfocavano la vista e si legò l'indumento attorno al collo. "Ho l'occasione di andarmene da questa casa. E, per tutti i maiali da tartufo, ne approfitterò!"

"Come se nulla fosse." La mamma schioccò le dita, la rabbia che crepitava nei suoi occhi stretti e nella sua voce stridula. "Abbandoneresti la tua famiglia senza preoccuparti del nostro futuro?"

"Se tu mi avessi mostrato anche solo un minimo di gentilezza o di considerazione. Se mi avessi mai chiesto cosa desiderassi. Se avessi mai messo da parte il tuo egocentrismo e il tuo..." Jemmah trasse un respiro affannoso e colmo di lacrime. "... *odio* per me, forse avrei chiesto a Sua Signoria di prendere in considerazione anche Adelinda."

Il trasporto, o forse disperazione, diede ai lineamenti del viso di sua madre una sfumatura più tenera e vulnerabile.

Ricordava quasi la mamma di tanti anni prima, che ancora non trovava tutto di Jemmah discutibile e degno di essere messo in ridicolo.

La donna si torse le mani e si leccò le labbra. "Pensa a tua sorella. E a me. Non siamo abituate alle ristrettezze e agli stenti come lo sei tu."

Doppia doppiezza. Ma si ascolta quando parla?

Jemmah sollevò di scatto la testa e serrò la mascella per trattenere le risposte accalorate che aveva sulla punta della lingua. Satanasso, persino ora la mamma cercava di far leva sul suo senso di colpa. Non per premura o per altruismo.

Oh, no.

Sempre – *sempre, dannazione!* – per beneficare se stessa e Adelinda.

Ma questa volta non ci sarebbe riuscita.

Sua madre doveva aver percepito il rifiuto nel portamento rigido di Jemmah e nelle sue labbra serrate, perché attraversò di corsa la stanza e, aggrappandosi al suo braccio, balbettò: "Ti… ti permetterò di partecipare a più eventi. E… e ordinerò della stoffa in modo che tu possa cucirti un paio di abiti nuovi. Se le nostre finanze ce lo permetteranno, naturalmente. Ma di certo saprai che non posso mandare avanti la casa senza il tuo aiuto."

La mamma sfoderò quello che, senza dubbio, voleva essere un sorriso rincuorante. Ma il barlume calcolatore nei suoi occhi e la rigidità delle sue labbra a malapena sollevate rivelavano i suoi veri sentimenti.

Jemmah era ormai ben oltre la cortesia.

Anni di ingiustizie e di soprusi avevano lasciato il segno e lei temeva – aveva in terrore – di diventare rancorosa come sua madre. Così piena di odio e di risentimento che la sua presenza era venefica per chiunque avesse a che fare con lei.

"Dimmi, mamma. Adelinda parteciperà dunque a meno eventi? E comincerà ad aiutare nelle faccende di casa, invece che comportarsi come una ragazzina viziata e restare a letto fino al pomeriggio mentre io le faccio da schiava?"

La mamma tentennò, come se Jemmah le avesse chiesto di ballare nuda e coperta da piume di pavone per Hyde Park.

"Lo immaginavo."

Jemmah si infilò bruscamente i guanti. Il suo indice destro lacerò la punta lisa del dito corrispondente.

Per la miseria!

Qualcosa di molto simile a un ringhio le risalì ribollendo la gola. "La carrozza attende. Devo andare."

Prima di dare voce a ogni singolo pensiero ferito, astioso e soffocato che ora le correva per la testa.

"Non è troppo tardi, Jemmah," implorò la mamma. "Puoi ancora rifiutare l'impiego. Insistere che sia Adelinda ad averlo, invece. Sono sicura che Theodora e la vedova si piegheranno ai tuoi desideri, se tu sarai inflessibile e dirai loro che è quello che vuoi."

"Ma non è quello che voglio. È quello che vuoi *tu*. E, come sempre, è quello che avvantaggia te e mia sorella, senza alcun pensiero per le conseguenze che avrà su di me."

Jemmah si morse la lingua per impedire al resto dei suoi pensieri furiosi di rompere gli argini. Dopo essersi calcata il cappello in testa e aver legato il nastro, afferrò la borsetta e il mucchietto di disegni che aveva messo da parte per la giornata e marciò verso la porta.

"Me ne vado, prima di dire qualcosa di cui potrei pentirmi."

"Beh, io non ho di questi problemi." La mamma puntò un dito contro Jemmah; tutta la cattiveria e l'animosità che aveva tenuto sotto controllo fino a quel momento erano incise nei suoi lineamenti contratti. Innegabili, funeste e vogliose di versare sangue.

Di ferire.

"Maledico il giorno in cui sei nata, Jemmah Violet Emeline. Sarà un piacere liberarsi di te e del ricordo costante di quel farabutto di tuo padre che mi fissa dal tuo volto. Vattene e non tornare mai più. Non sei più la benvenuta sotto questo tetto!"

Jules fischiettò mentre attraversava gli isolati che lo separavano dalla casa di Theo; i suoi stivali ticchettavano a un ritmo rilassante sul marciapiede umido.

Considerate le nubi grigio-ferro sospese all'orizzonte, quella non era forse una scelta saggia. Un uomo più pratico avrebbe forse preferito andare a cavallo o viaggiare sul suo calesse, ma Jules non amava solo l'esercizio; aveva un'altra ragione per aver scelto di andare a piedi.

Theo aveva mandato la carrozza a prendere Jemmah, il che significava che lei sarebbe tornata a casa con lo stesso mezzo di trasporto.

La coscienza lo rimproverò.

Subdolo cospiratore.

Assolutamente sì, confermò allegramente lui.

Intendeva accompagnare Jemmah e chiedere a sua madre il permesso di farle visita. L'idea aveva messo radici la sera prima e, quella mattina, era ormai saldamente trincerata.

Molto probabilmente – anzi, Jules ci avrebbe scommesso – la signora Dament avrebbe inizialmente sollevato obiezioni. E tuttavia, nessun genitore premuroso avrebbe negato alla propria figlia un titolo di duchessa, perché l'intento finale di Jules era proprio quello. E il fatto che lui credesse (ne era quasi certo, a onor del vero) di essere quasi – *o completamente?* – innamorato di Jemmah, beh… quello era un ottimo incentivo.

Durante il tragitto in carrozza, avrebbe potuto benissimo prendere la mano di Jemmah, o persino rubare un altro, gustoso bacio o due. O una dozzina.

A quell'idea stimolante, le sue parti intime ebbero un guizzo. Di nuovo.

Peggio di un rospo sul marciapiede arroventato dal sole di agosto, per Giove.

Dalla sera prima, era stato duro come le statue di

ghisa che ornavano i pilastri d'angolo della maestosa villa di Theo. Non era riuscito a dormire ininterrottamente per più di un quarto d'ora senza che il suo corpo eccitato e insoddisfatto lo svegliasse, reclamando ad alta voce soddisfazione.

Toccandosi l'orlo del cappello, salutò alcuni conoscenti che incontrò per strada, attirandosi una serie di espressioni incredule e sbalordite.

Londra non era abituata al duca di Dandridge che sfoggiava un sorriso largo da un orecchio all'altro o che si toccava il cappello in maniera cordiale. Il suo passo vivace e il ghigno demente che aveva inciso sul viso erano una sorpresa persino per lui.

Tutto merito di Jemmah.

In un lampo, la sua amica d'infanzia – ora una donna bellissima – aveva liberato il suo cuore addormentato. Lo aveva spinto a gettare via il sudario di malinconia con cui si era avvolto e guardare il mondo in maniera nuova e ottimista.

Quando l'aveva rivista, la sera prima...

Tutto gli era divenuto chiaro come cristallo appena lucidato.

Jemmah era quello che desiderava. Lo era sempre stata.

Ecco perché era stato tanto attratto da Annabel. Bionda e dagli occhi azzurri, la donna era stata simile a Jemmah, persino nel carattere.

Lo spirito di Jules, il suo intuito, quale che fosse la parte di lui che aveva capito che Jemmah gli era rimasta impressa nell'anima, aveva cercato di dirgli la stessa cosa.

Ma lui era stato stupidamente sordo e cieco di fronte ai segni; non li aveva riconosciuti, non si era nemmeno reso conto di cosa volesse fino a quando lei non gli aveva sorriso assonnata e la piena radiosità del suo sorriso non aveva rovesciato il mondo di Jules.

Allora, come se la sottile fessura nella porta da cui lui aveva sbirciato con un occhio solo si fosse improvvisamente spalancata, Jules aveva potuto vedere tutto, fino all'ultimo dettaglio minuscolo e perfetto.

E sì, per Dio, lui assaporava l'implausibile, si godeva il paradosso, rideva ad alta voce della gloriosa coincidenza che lo aveva spinto a intrufolarsi proprio nella stanza in cui dormiva lei.

"Mi sembrate molto allegro oggi, Dandridge," strascicò una voce familiare e annoiata. "Il ballo vi è dunque piaciuto?"

Pennington, dannazione al suo alluce valgo.

Jules incrociò gli sguardi divertiti di Pennington e Sutcliffe.

"Mi stupisce vedervi in giro. Pensavo foste andati in qualche bisca dopo aver lasciato casa di lady Lockhart, ieri sera."

"Così è stato." Sutcliffe inclinò la testa e osservò Jules per un lungo istante. "Pennington, i miei occhi mi ingannano, o Dandridge stava sorridendo? Avete presente quel fenomeno bizzarro per cui gli angoli della sua bocca si sollevano occasionalmente?"

L'altro uomo rivolse a Pennington un'occhiata di confusione simulata. "Si tratta di un fenomeno talmente raro che non posso esserne certo."

"No, Sutcliffe, l'ho visto anch'io. Anche se ho creduto che fossero gli strascichi delle ore piccole che abbiamo fatto." Pennington finse di esaminare il viso di Jules col suo monocolo.

"Siete due babbei."

Jules girò attorno ai due e proseguì per la sua strada. Non era pronto a giustificare la sua felicità, né aveva voglia di tollerare il loro sarcasmo e le loro prese in giro. Non quando si trattava dei suoi sentimenti nei confronti di Jemmah.

"Babbei? *Babbei?*" ripeté Sutcliffe, offeso. "Perdiana. Dandridge, vi state per caso rammollendo? Dandy, damerini e ragazzotti in pena per amore sono babbei." L'uomo si batté una mano sul petto. "Pennington e io siamo canaglie, farabutti, impertinenti, poco di buono, libertini, dannati. Ma nulla di blando e ridicolo come 'babbei'."

"Direi proprio di no," concordò Pennington, scuotendo bruscamente la testa. "Sono davvero offeso."

Sutcliffe si affiancò a Jules, l'espressione meditabonda.

Anche Pennington lo raggiunse e strinse gli occhi, sfregandosi il mento. "C'entra per caso qualcosa la ragazzina che avete baciato da lady Lockhart, ieri sera?"

Jules si fermò a metà di un passo.

"Avete visto?"

Come, per l'inferno?

"Vecchio mio, le tende erano spalancate." Pennington gli diede una pacca su una spalla. "Non temete. Sutcliffe e io eravamo fuori a fumare. Nessun altro si è avvicinato al retro della casa. Solo noi siamo stati testimoni del patetico bacetto che avete dato a quella cosina prima che lei si desse alla fuga. Dovete proprio lavorarci su, vecchio mio. Mi sono quasi sentito in imbarazzo per voi."

Ah, dunque hanno visto solo l'ultimo bacio.

"Chi è lei?" La domanda proveniva da Sutcliffe, che sorrideva sornione.

"Non è affar vostro."

Jules riprese a camminare e allungò il passo.

Non poteva compromettere Jemmah.

"Al diavolo," esclamò Pennington, rimettendo a posto il monocolo. "La sta proteggendo. Dev'essere qualcosa di serio, dunque. Io, però, non l'ho riconosciuta. E voi?"

L'uomo allungò un braccio dietro le spalle di Jules per punzecchiare Sutcliffe nella spalla.

Sutcliffe scosse la testa morta. "No. Ma aveva un'aria familiare. Forse potremmo chiedere a lady Lockhart."

"Ah, bontà divina. È una persona che conoscevo molto tempo fa. Una persona che proteggerò a qualunque costo dai pettegolezzi e dalle illazioni."

Con le mani sui fianchi, Jules spostò un'occhiata malefica dall'uno all'altro dei due, pronto a cancellare i sorrisetti dai loro visi.

Invece, entrambi lo guardarono con calmo e intenso interesse, ma senza la minima traccia di derisione.

Pennington sorrise da un orecchio all'altro; i suoi occhi, uno verde e uno azzurro, brillavano di ilarità soppressa. "Dobbiamo farvi gli auguri?"

Jules sospirò e scosse la testa. "Non ancora. Ma intendo modificare la situazione il prima possibile. E voi," aggiunse, puntando un dito contro ciascuno di loro a turno, "dovrete mantenere il riserbo riguardo a questa faccenda. Voglio la vostra parola, signori."

"Ma certo," mormorarono all'unisono i due, un po' troppo prontamente e senza fare abbastanza storie per quanto riguardava Jules.

Sutcliffe rivolse un cenno del capo a un conoscente e, dopo che questi si fu allontanato, tese la mano. "Ora ci separiamo, ma vi prego di accettare il mio più sincero augurio di successo. Ma state attento, amico mio. Questo comportamento non è per nulla da voi, e questo mi porta a credere che amiate davvero la signorina Dament."

Impensabili ippopotami ipocondriaci.

Come diavolo fanno a sapere il nome di Jemmah?

"Dannazione, Sutcliffe. Eravamo d'accordo che non avremmo rivelato di conoscere la sua identità." Pennington si acciglò foscamente. "Non siete mai stato capace di tenere un segreto."

"Vero, ma guardatelo." Pennington gesticolò verso Jules. "Non me la sento di prendere in giro un uomo così palesemente invaghito. E voi? Sarebbe crudele, e noi ci definiamo i suoi più cari compari."

"Guardate che sono qui e vi sento benissimo." Quei due non avrebbero parlato. Jules lo sapeva senza ombra di dubbio. "Siete sicuri che nessun altro l'abbia vista con me?"

"Su questo potete stare tranquillo, Dandridge," disse Pennington.

"Beh, tenete le orecchie aperte, per prudenza. Devo andare. Arriverò in ritardo da lady Lockhart per il tè." Dopo aver rivolto ai due un cenno con la mano, Jules proseguì per la sua strada, ignorando le loro crasse risate.

Dannazione a loro.

Sapevano che non andava mai a prendere il tè da nessuno.

Non prima che Jemmah si fosse ripresentata nella sua vita.

Al contrario, anzi.

La qual cosa era una delle ragioni per cui sapeva, senza ombra di dubbio, che Jemmah doveva essere sua.

Oh, sua madre e i suoi zii avrebbero avuto attacchi d'ira pari a quelli del Reggente, ma alla fine si sarebbero arresi.

Che scelta avevano?

Jules era il duca di Dandridge.

Era lui a tenere i cordoni della borsa.

La sua parola era legge ed era ormai il momento che loro riconoscessero la sua posizione, piuttosto che trattarlo come un ragazzino inutile e inetto che aveva costantemente bisogno della loro guida.

La sua risata colma di gratificazione gli valse un'occhiata incuriosita da parte di un paio di paffute matrone vestite al culmine della moda.

Com'era bello sentirsi libero e senza pensieri.

Ma come persuadere Jemmah della serietà delle sue intenzioni, dopo che per anni lui non aveva avuto quasi nessun contatto con lei?

Una tale impulsività da parte sua avrebbe scatenato un ronzio nei salotti d'élite del *ton* se lui fosse stato un libertino o una canaglia, ma la sua reputazione di uomo cupo e severo rendeva la sola idea ridicola a tutti tranne che a Theo, Sutcliffe e Pennington, e lui si aspettava una vera e propria cacofonia quando la voce si sarebbe diffusa.

E lo avrebbe fatto.

Bastavano due o tre visite allo stesso indirizzo perché i Diecimila cominciassero a controllare con ansia la posta giornaliera in attesa di un invito a nozze.

Come poteva Jules aspettarsi che Jemmah prendesse sul serio le sue intenzioni quando ciò che proponeva andava contro il buonsenso e contraddiceva il suo comportamento abituale?

Certo, lei l'aveva baciato come una donna che era stata soggetta a lunghe privazioni, ma Jules sospettava che per anni le fosse stato negato l'affetto.

Aveva reagito perché bramava disperatamente accettazione e amore, o perché provava qualcosa per Jules?

L'orgoglio maschile esigeva la seconda risposta, ma la prudenza suggeriva la prima.

La reazione di Jemmah poteva essere attribuita a entrambi i fattori?

Sì.

Sembrava la risposta più logica.

Jules si fece da parte, lasciando passare una balia e i suoi tre rumorosi pupilli.

Avrebbe utilizzato ogni vantaggio a sua disposizione per conquistare Jemmah e convincere sua madre. Cominciò a compilare un elenco mentale delle tattiche che aveva intenzione di usare.

Qualche minuto dopo, girò l'angolo di Mayfair, proprio mentre la carrozza di Theo si fermava sferragliando di fronte alla villa. Jules allungò il passo, il cuore che batteva al ritmo della sua falcata frettolosa.

Jemmah scese dalla carrozza. Indossava una semplice giacca blu, leggermente troppo corta, e un disadorno cappello di paglia. Infilò una mano nella carrozza e, dopo averne estratto una borsa da viaggio malridotta, si voltò verso la maestosa dimora.

Aveva forse le spalle leggermente curve? La colonna regale del suo collo era forse piegata come se ella reggesse un grande peso?

"Signorina Dament."

Lo sguardo di Jules non si allontanò mai da lei mentre le sue gambe divoravano la distanza che li separava.

Non aveva mai visto nulla di anche solo lontanamente altrettanto bello quando lei si voltò e, nel vederlo, la gioia le sbocciò in viso. Tutti quegli anni trascorsi a essere un uomo assennato e logico, e ora si sentiva sciocco come un ragazzino coi calzoni corti o un beone con la pancia piena di alcol di fronte a quel sorriso meraviglioso.

"Vostra Grazia."

Jemmah gli fece una riverenza aggraziata mentre lui si inchinava, ma non prima che Jules vedesse i suoi occhi bordati di rosso, incorniciati da ciglia impastate.

E l'eloquente scia di sale lungo la sua guancia. Di nuovo.

La punta di un dito macchiato d'inchiostro sporgeva dalla mano guantata che reggeva la borsa da viaggio. Forse, i disegni da lei promessi erano racchiusi in quel bagaglio ammaccato che doveva essere più vecchio di lei.

Jemmah aveva conosciuto la miseria, e un dolore sordo si piantò nello stomaco di Jules quando lui se ne rese conto.

Molte cose erano accadute alla sua Jemmah negli anni trascorsi da quando si erano separati, e la maggior parte di esse non era nulla di buono.

Mentre la carrozza si allontanava sferragliando, Jules prese la borsa da viaggio e il braccio di Jemmah, ma invece che accompagnarla fino all'ingresso, le fece fare il giro fino alle scuderie.

Con la fronte aggrottata per la confusione, Jemmah si lanciò un'occhiata alle spalle.

"Dove stiamo andando?"

"Dove io potrò scambiare due parole con voi in privato."

Una volta che non furono più visibili dalla strada, Jules le appoggiò l'indice sotto il mento e le fece sollevare il viso.

"Cos'è accaduto, mia cara?"

La luce svanì dai begli occhi di Jemmah e le lacrime lì accumulate colarono lentamente dagli angoli.

Una tale angoscia dello spirito si rifletteva in quegli occhi che Jules la prese tra le braccia.

All'inferno il decoro e la decenza.

Jemmah aveva bisogno di conforto.

Tutto lì.

La giovane si lasciò andare contro il suo petto e pianse sottovoce, col cuore spezzato.

Il suo profumo, quell'odore delicato di pulito, di sapone, lavanda e, forse, un'ombra di acqua di rose si levò verso l'alto mentre le sue spalle tremavano per l'angoscia.

"Mia cara Jemmah. Vi prego, ditemi, cosa vi ha provocato una tale angoscia?"

Il bordo sfilacciato del cappello di Jemmah gli graffiò il mento mentre lei cercava di ricomporsi.

"La mamma mi ha cacciata e io non posso far altro che disturbare zia Theo per chiederle ospitalità."

"Perché vostra madre ha fatto una cosa del genere?"

Jules si lanciò una rapida occhiata attorno.

Ottimo.

Nessuno si era avvicinato né aveva notato la loro presenza dietro alla siepe ben curata alta due metri e dieci che delimitava il confine della casa di Theo.

Con poche frasi brevi e concise, pronunciate con voce tremante, Jemmah raccontò cos'era accaduto dopo che lui aveva lasciato il ballo la sera prima.

"E così, siccome ho rifiutato di cederc l'opportunità ad Adelinda, come ho fatto con tutte le altre cose importanti che io abbia mai avuto, mia madre mi ha cacciata da casa. Ho avuto il permesso di portare con me solo ciò che potevo far stare in una borsa."

Jules le accarezzò la schiena snella, disperatamente desideroso di darle conforto. "Beh, mi vengono in mente due signore che saranno felicissime di questo sviluppo. Tre, contando Sabrina. Era al settimo cielo quando le ho riferito la vostra generosa offerta di insegnarle a disegnare."

Lui stesso non era esattamente contrariato.

Il cambiamento della situazione di Jemmah si adattava perfettamente al suo intento di corteggiarla.

Jemmah tirò su col naso e si asciugò le lacrime con le dita. "Potrei chiedere in prestito il vostro fazzolettino?"

Grandi giraffe galoppanti.

La povera cara non possedeva nemmeno uno scampolo di tessuto con cui tamponarsi gli occhi incredibilmente espressivi.

Jules le passò il fazzolettino inamidato, nettamente piegato e col monogramma, e attese mentre Jemmah si asciugava il viso e si soffiava il naso. Una volta che lei ebbe ripreso il controllo di sé, Jules prese la sua borsa e si mise la mano nell'incavo del braccio.

Abbassando lo sguardo su di lei, le sorrise dolcemente. "Mentirei se fingessi di non essere entusiasta per il fatto che, ora, potrò venirvi a trovare."

Un rossore adorabile si diffuse sul viso della giovane, accompagnato da un sorrisetto accattivante.

"Sì, questo è un aspetto positivo della situazione. Sempre che zia Theo accetti di accogliermi in casa sua."

"Lo farà sicuramente. E voi siete ansiosa di ricevere le mie visite?"

Non era stata sua intenzione sbilanciarsi tanto, ma si era presentata un'occasione e lui le aveva impulsivamente detto che aveva intenzione di corteggiarla.

Invece che usare l'ingresso principale, indirizzò Jemmah verso la porta a vetri che conduceva alla sala da ballo.

C'era un viavai di servitori che facevano dentro e fuori dalla stanza, rimuovendo gli ultimi rimasugli dei festeggiamenti della sera prima.

Il barboncino di Theo, Casear, trotterellava per la

sala da ballo vuota, il naso d'ebano e la coda in aria, le unghie che ticchettavano sul parquet.

Invece di rispondere subito, Jemmah inclinò la testa e guardò Jules attraverso le ciglia folte e umide di lacrime. Il suo sguardo attento era penetrante, ma lucido.

"La vedova mi ha offerto un'occasione che una persona nella mia posizione, probabilmente, non riceverà una seconda volta."

"Anch'io l'ho fatto, mia preziosa Jem."

Prendendola in disparte fuori dalla casa, Jules la avvicinò a sé. Una brezza umida mosse i fiori di ciliegio, provocando una pioggia di petali rosa sulla lastra di arenaria su cui si trovavano.

"Perché ora, dopo che per anni non mi avete degnata di uno sguardo?" Jemmah giocherellò con la cinghia della borsetta. "So di essermi comportata… Beh, sono stata terribilmente felice di vedervi, ieri sera, e il ballo mi è piaciuto. E anche quello che è venuto dopo. Mi è piaciuto molto, anzi. Ma quella era… una favola. Non sono una sempliciotta. Le donne come me non vengono corteggiate dal duca di Dandridge, quando ci sono candidate molto più belle, più adatte e più ricche."

"Allora non pensate a me come al duca, ma come al vostro amico di molti, molti anni. Un uomo che non ha mai avuto a cuore nessuna come voi e che vuole con tutto il suo cuore essere più di un amico." Jules le passò un dito lungo la mascella. "Molto di più, se me lo permetterete."

Jules posò le labbra su quelle di lei, assaporando ancora una volta la dolcezza della bocca di Jemmah. Riversò in quel bacio tutto il suo desiderio, tutto il suo amore, comunicando alla donna quello che aveva disperatamente bisogno di dirle.

Senza bisogno di incoraggiamento, Jemmah aprì la bocca e, mettendo a frutto le capacità che lui le aveva insegnato la sera prima, mandò a quel paese quella poca razionalità che ancora gli rimaneva.

Tenendo il viso della giovane tra le mani, Jules le angolò la testa per approfondire ancora di più il bacio, assaporando la lingua di velluto di lei che duellava con la sua.

Un *woof* soffocato, seguito da un naso che annusava dalle parti delle sue caviglie, mise a freno la sua passione.

Come gli era venuto in mente di baciarla alla luce del sole?

A quanto pareva, anche un uomo sobrio e pragmatico come lui, una volta innamoratosi, non pensava poi tanto lucidamente.

Che splendida rivelazione.

E tuttavia, Jules era già stato visto una volta nell'atto di baciarla; e, sebbene le sue intenzioni fossero onorevoli, non aveva intenzione di esporre Jemmah al pubblico ludibrio.

Theo si mise al centro della soglia e si strinse più strettamente lo scialle di Norwich dai colori vivaci attorno alle spalle.

"Il mio lacchè ha detto di aver sentito delle voci. Cosa state combinando voi due?"

"Sto cercando di convincere la signorina Dament a darmi il permesso di corteggiarla."

A Jules non importava chi lo sapesse e aveva bisogno del sostegno di Theo.

"E io non ho ancora accettato." Il calore che irradiavano gli occhi di Jemmah lo incoraggiò.

Avrebbe accettato. Doveva farlo.

Un sorriso si allargò sul viso di Theo, esuberante al punto che i suoi orecchini di rubino tremarono.

"Beh, questa è davvero la notizia migliore che io abbia ricevuto da molto tempo." Dopo aver lanciato una rapida occhiata al cortile, li invitò ad avvicinarsi. "Venite e raccontatemi tutto."

Lo sguardo di Theo si concentrò sulla borsa da viaggio accanto ai piedi di Jemmah e il suo sguardo perplesso oscillò tra Jules e Jemmah.

"State per fuggire insieme?"

Jemmah si produsse in una risata breve e lacrimosa e scosse la testa. "Nulla di così romantico, temo, zia Theo." Poi evocò un sorriso coraggioso. "Ho bisogno di un posto dove stare. A tempo indeterminato."

"Ah." Theo prese Jemmah sottobraccio, lasciando

che fosse Jules a sollevare da terra la borsa logora.

"Puoi restare fino a quando vorrai, mia cara. Sono davvero entusiasta."

"Ti sono molto grata, zietta." Jemmah strinse il braccio di sua zia.

Theo si gettò un'occhiata sardonica alle spalle.

"Ora raccontami: com'è questa storia che Dandridge ti vorrebbe corteggiare?"

8

Tre magnifiche settimane dopo.

Jemmah si voltò prima in una direzione e poi nell'altra di fronte al grande specchio ovale.

Il completo da passeggio ceruleo bordato di nero era la cosa più bella che lei avesse mai visto. Ma d'altronde, pensava la stessa cosa di tutti i vestiti nuovi che la cara zia Theo o la lady vedova Lockhart le regalavano.

E tutte le volte, lei insisteva che gliene avevano già donate abbastanza e proibiva loro di acquistare qualunque altra cosa per lei.

Ogni volta, le due donne ridevano e la mettevano a tacere.

Qualcuno avrebbe potuto pensare che sarebbe

stato facile abituarsi agli splendidi abiti, alle chincaglierie, agli orpelli… ai saponi profumati e agli unguenti… al sonno sufficiente per la prima volta in anni. Ma non era facile e Jemmah non riusciva ancora a riconciliarsi con quel suo nuovo modo di vivere.

Tutte le volte che avvicinava la vedova per chiederle quando avrebbe cominciato a svolgere i suoi compiti di dama di compagnia, quella gran signora liquidava le sue premure, insistendo che ci sarebbe stato tempo a sufficienza in seguito per preoccuparsene. Non permetteva nemmeno a Jemmah di assisterla durante le loro serate fuori, sostenendo che zia Theo era più che sufficiente.

Zia Theo prendeva sempre lady Lockhart sottobraccio, lasciando Jules libero di offrire il braccio a Jemmah. Lei aveva il sospetto che le due donne stessero complottando qualcosa. E come poteva lei biasimare quelle care signore, quando desiderava la stessa cosa?

Quella sera, dopo cena, sarebbero andati di nuovo a teatro.

Oh, la prima volta era stata un'esperienza magica.

Con addosso un abito preso in prestito da zia Theo e riadattato in fretta e furia, Jemmah era entrata a teatro al braccio di Jules, per una volta apparendo in pubblico sicura di sé e orgogliosa.

Comodamente seduta nel palco di galleria della zietta, Jemmah aveva cercato di guardare il balletto, ma la mano di Jules che teneva la sua, le labbra dell'uomo a pochi centimetri da lei mentre le mormorava all'orecchio, il timbro della sua melodiosa voce di baritono che le provocava minuscoli e deliziosi tremiti…

Insomma, non riusciva nemmeno a ricordare il titolo del balletto che avevano visto.

Applicandosi qualche goccia di profumo al mughetto dietro ciascun orecchio e su ciascun polso, sorrise a Caesar che se ne stava spaparanzato di fronte alla porta a vetri del suo balcone, il muso appoggiato alle zampine nere e i suoi grandi occhi profondi che la tenevano d'occhio costantemente.

Il cane si era affezionato a lei, quasi come se avesse percepito il suo bisogno di amore incondizionato, e a zia Theo questo non sembrava dispiacere. O, se anche le dispiaceva, lo teneva per sé. Ma anche la zia di Jemmah le voleva bene senza alcun limite, e anche per abituarsi a quello ci sarebbe voluto del tempo.

Ma lei lo avrebbe fatto.

Aveva ottime ragioni per farlo, e quelle ragioni sarebbero arrivate presto.

Lo stomaco di Jemmah fece una capriola, in quella maniera splendida e vibrante che usava sempre quando i suoi pensieri gravitavano verso Jules. C'era da stupirsi che lei riuscisse a trattenere il cibo nello stomaco, con tutte le acrobazie che accadevano nel suo ventre di quei tempi.

"Signorina Jemmah, quel colore vi sta molto bene. Sembrate una vera lady, proprio così." La bocca di Mary si curvò in un sorriso sbarazzino mentre la domestica sprimacciava i cuscini del letto. "Scusate l'impertinenza, ma vostra sorella digrignerebbe i denti se vi vedesse ora."

Senza dubbio.

"Sono davvero felice che tu sia qui, Mary."

Meno di una settimana dopo la partenza di

Jemmah, Frazer Pimble l'aveva avvicinata e le aveva rivelato che la mamma aveva licenziato Mary senza referenze. E poiché zia Theo insisteva che Jemmah aveva bisogno di una cameriera personale – per fare cosa, santo cielo? – con somma naturalezza, Jemmah aveva deciso che la posizione spettava di diritto a Mary.

Avere due Pimble in casa aveva causato inizialmente un po' di confusione, ma zia Theo, da sempre abituata a gettare le convenzioni nel fosso, aveva consigliato a tutti di chiamare la cameriera col nome di battesimo.

Dopo aver legato il nastro del cappello, Jemmah prese la borsetta e il parasole.

Ovunque si posasse lo sguardo, i segni dell'arrivo anticipato della primavera erano evidenti. Comprese le foglie di un verde acceso delle felci, le solari giunchiglie, le allegre primule e il globo scintillante nel cielo che estendeva le sue dita dorate nella volta celeste.

Il cuore di Jemmah brillava di una luce calda altrettanto penetrante e piacevole.

Quelle erano state le settimane più felici della sua vita e, a volte, quando si svegliava nel cuore della notte e l'abituale mestizia la avvolgeva, era costretta a ricordare a se stessa che si era lasciata alle spalle quella vita oppressiva.

Santi numi, tante cose erano cambiate in così poco tempo.

Non ultima, il fatto che Jules la stesse corteggiando attivamente…

Senza permesso.

La mamma si era rifiutata di darglielo tutte le volte che lui glielo aveva chiesto.

Jules aveva giurato che non si sarebbe arreso, che prima o poi la madre di Jemmah si sarebbe convinta.

Jules non conosceva la madre di Jemmah.

Era un tipo che serbava rancore, nonché malleabile quanto la malta secca.

Sospirando, Jemmah allontanò a calci quei pensieri tristi.

Come aveva fatto tutti i giorni da quando Jemmah era andata a vivere con zia Theo, Jules sarebbe arrivato a momenti per la loro uscita giornaliera. Avevano esplorato tutti i parchi principali e Covent Garden, visitato l'Astley's Amphitheatre, mangiato gelati da Gunter's e fatto acquisti in Bond Street diverse volte.

I piani della giornata prevedevano un'escursione ai giardini di Vauxhall.

Jemmah aveva intenzione di tornarvi anche di sera, ma per la sua prima visita voleva vedere i famosi giardini alla luce del giorno.

Qualcuno bussò delicatamente alla porta della sua camera da letto.

"Avanti."

Jemmah indossò un morbido guanto di velluto.

"Sua Grazia il duca di Dandridge vi attende nel salotto dorato, signorina." Pimble ammiccò alla sorella. "Se Mary dovesse fare l'insolente, fatemelo sapere. Penserò io a raddrizzarla."

Mary gli mostrò la lingua e rise, lanciando un cuscino contro la testa di suo fratello.

Osservando le buffonate dei due, Jemmah fece un sorriso triste.

Non ricordava di aver mai scherzato in quel modo con Adelinda.

"Non temere. Tua sorella svolge i suoi compiti con coscienza ed efficienza. Mary, prendi il tuo mantello. Non voglio far aspettare il duca."

Dieci minuti dopo, Jemmah era seduta comodamente nel landau di Dandridge mentre il cocchiere del duca conduceva con abilità la carrozza lungo la strada affollata. Mary sedeva doverosamente sul sedile posteriore riservato allo stalliere, per dare a Jemmah e Jules un po' di intimità e, al tempo stesso, svolgere le funzioni di chaperon.

Come faceva sempre, nonostante non fosse del tutto lecito, Jules prese prontamente la mano guantata di Jemmah nel proprio guanto di cuoio. Avvicinò la testa alla sua, solleticandole l'orecchio col fiato.

"Ieri sono andato a fare nuovamente visita a vostra madre."

"E?"

Jemmah lo scrutò in viso, leggendo la risposta nel suo sguardo compassionevole.

Al diavolo l'ostinazione e l'orgoglio della mamma.

"Ha rifiutato un'altra volta."

Il sole rimbalzò sul diamante nel suo fermacravatta e il verde scuro della sua giacca si rifletté nelle pagliuzze di giada delle sue iridi.

Erano così gentili e premurosi, quegli occhi, ma anche intelligenti, allerta e scaltri.

"Non mi stupisce. Amareggiata com'è, la mamma incolpa tutti gli altri per le condizioni in cui si trova. Si vede come la vittima e questo le impedisce di sentir ragione."

Jemmah ricambiò la strizzatina delicata e rassicurante che Jules diede alle sue dita.

Il *cli-clop* rilassante degli zoccoli dei cavalli sul selciato, i raggi carezzevoli del sole e il sedile morbido del veicolo le fecero sbattere le palpebre con sonnolenza e soffocare uno sbadiglio.

"Sono sicura che dev'essere molto difficile per lei e Adelinda, ora che Mary se n'è andata e zia Theo ha ritirato il proprio sostegno finanziario."

Jules emise un rumore di conferma dalla gola, facendo guizzare il pomo d'Adamo. "Non ne dubito, ma una volta che saremo sposati, intendo fornirle un appannaggio, purché lei accetti–"

Jemmah gli strinse la mano e, con la mascella spalancata, lo fissò stordita e incredula.

Jules aggrottò la fronte con aria confusa e le diede due colpetti sulla mano.

"Perché mi guardate in quel modo? Non volete che io versi del denaro a vostra madre? Pensavo che ne sareste stata lieta, ma se non è questo il caso–"

Jemmah scosse la testa, la bocca che tremava.

"No, no. Non è per questo. Lo trovo un gesto molto generoso da parte vostra, ed estremamente clemente."

Più clemente di quanto lei fosse capace di essere dopo così poco tempo.

La mamma non meritava la magnanimità di Jules.

L'uomo si chinò più vicino a lei e le sfiorò arditamente il lobo dell'orecchio con le labbra.

"Allora qual è il problema?"

Jemmah guardò Mary di sottecchi.

Completamente assorta dal paesaggio, la cameriera non aveva udito le parole di Jules.

Jemmah si avvicinò un poco al duca, sfiorandogli la coscia con la propria in maniera estremamente provocante.

Tenendo la voce bassa, in modo che né il conducente né Mary potessero udire, mormorò: "Avete detto… Beh, o almeno mi è perso di sentirvi dire 'Una volta che saremo sposati.'"

Rivolse a Jules un'occhiata speranzosa.

Che figura patetica. E quanto sarebbe stata mortificata se avesse frainteso.

Non avevano mai parlato di matrimonio, ma il corteggiamento e le ripetute visite di Jules alla mamma dovevano significare che lui vi aveva riflettuto molto. E che, al momento giusto, avrebbe affrontato l'argomento con Jemmah.

Anche se, finché la mamma avrebbe continuato a rifiutargli il permesso ufficiale di proporre il matrimonio a Jemmah, le uniche alternative sarebbero state attendere che lei diventasse maggiorenne o fare una scappata a Gretna Green.

La qual cosa non suonava poi tanto terribile.

Anzi, suonava proprio benissimo. Forse Jemmah avrebbe dovuto menzionargliela.

Se lui avesse chiesto la sua mano.

E se Jules non lo avesse fatto? Se lei avesse frainteso?

Beh, in tal caso, quando la vedova sarebbe tornata in campagna, Jemmah l'avrebbe accompagnata.

Grazie al cielo aveva l'impiego promesso su cui fare affidamento. Quella consapevolezza le dava un immenso conforto.

La bocca di Jules si curvò teneramente e addolcì gli angoli del suo viso, approfondendo il colore dei suoi occhi affascinanti in quello del cognac caldo.

"Ho detto proprio così, mia preziosa Jem. Pensavo aveste capito che la mia intenzione è sempre stata questa, tesoro mio, sin da quando vi ho scoperta a dormire comodamente nel salotto di Theo. Fare di voi la mia duchessa, la custode del mio cuore."

Jemmah non riuscì a trattenere un gridolino di gioia.

All'improvviso, il sospetto si fece largo sul volto di Jules, che si irrigidì leggermente. "Ho commesso un errore? Ho mal giudicato il vostro affetto?"

"Assolutamente no, Vostra Grazia."

"Jules," le ricordò lui.

Gli occhi di Jemmah si velarono di lacrime. Rivolgendo a Jules un sorriso tremolante, tirò fuori il fazzoletto dalla borsetta. Col mento premuto contro il petto, angolò il parasole e si tamponò con discrezione gli occhi. "Non osavo sognare che mi sarebbe accaduto qualcosa di tanto meraviglioso."

"Posso osare sperare che la vostra risposta sia 'sì'? Non è troppo presto?"

Jemmah annuì seccamente, temendo che avrebbe pianto per la gioia se avesse parlato.

La carrozza ebbe un brusco sussulto quando la ruota posteriore affondò in una buca, mandandoli a sbattere l'uno contro l'altra.

Il capello di Jules urtò il parasole di Jemmah, inclinandosi da un lato.

Mentre lo raddrizzava, Jules cercò il suo sguardo.

"Sì, è troppo presto, oppure la vostra risposta è sì?"

"Sì, vi sposerò, mio caro," mormorò Jemmah, forse non a voce bassa quanto avrebbe dovuto, dato che non le importava chi avrebbe ricevuto quella splendida notizia.

Restava da convincere la mamma, naturalmente, ma Jemmah non intendeva lasciare che quell'ostacolo le rubasse anche solo un granello di gioia.

Jules emise un respiro lungo e tremante.

"Grazie a Dio. Per poco non ho inghiottito il mio cuore. Credo che sia ancora incastrato da qualche parte nella mia gola." Dopo essersi dato un colpetto sul collo, ammiccò e la avvicinò scandalosamente a sé. "Potremo discutere dei dettagli mentre giriamo per Vauxhall, e vi prometto che vi farò una proposta come si deve. Ora ci sono troppe orecchie indiscrete."

Agitò le sopracciglia in direzione di Mary.

"Ma devo dirvi una cosa." La voce dell'uomo si ridusse a un caldo mormorio, provocando una sensazione decisamente intensa in zone non menzionabili. "Io vi adoro, Jemmah, amore mio."

Una grossa lacrima le sfuggì. Una lacrima di pura gioia incontaminata.

"Anch'io vi amo, Jules."

L'aveva amato per anni, ma non riusciva ancora a rivelarlo. Doveva attendere che rimanessero soli; allora avrebbe potuto mostrargli quanto fosse felice.

Con un dito piegato, Jules colse la gocciolina vagabonda. "Voglio vedere solo lacrime di gioia nei vostri occhi, d'ora in poi."

"Ci saranno."

Dopo aver lanciato un'occhiata al cielo, Jules chiuse gli occhi. "Il sole non è splendido?"

"Sì." Anche se lui era assai più spettacolare.

Passando lo sguardo sul profilo raffinato dell'uomo, Jemmah si portò l'altra mano al ventre per quietare quel bizzarro spasmo che avvertiva sempre quando lo guardava in quel modo. Non ricordava un momento in cui non lo avesse amato, e il fatto che Jules ricambiasse…

Tartarughe galoppanti, quella gioia le faceva girare la testa.

Il pari rigido, severo, inavvicinabile, che altri avevano deriso per la sua cupezza, non c'era più. Ora, Jules mostrava al mondo intero l'uomo che lei aveva sempre saputo esistere sotto il guscio appuntito e protettivo.

Un sospiro di gioia le oltrepassò le labbra.

Mezz'ora dopo, Mary era seduta sotto un albero

con un libro e diversi giornalacci di pettegolezzi, mentre Jemmah e Jules camminavano per i giardini. Jemmah aveva vissuto per tutta la vita a Londra, ma non era mai stata a Vauxhall.

Le tasche di papà erano sempre state poco profonde, soprattutto a causa del denaro che spendeva per le sue amanti.

"Vi ho detto quanto siete bella oggi, Jemmah?" La voce profonda di Jules rimbombò nel petto dell'uomo.

Un rossore nato dal compiacimento illuminò Jemmah di fronte a quelle parole. "No, ma so riconoscere una sciocchezza quando la sento. E tuttavia, il mio orgoglio femminile ne trae comunque immensi benefici. Voi vi dimenticate che possiedo uno specchio."

Jules arricciò il naso. "E voi, mia cara, siete cieca di fronte alla vostra stessa bellezza."

"Ma che coincidenza. Stavo giusto parlando di te, Jemmah."

Nell'udire la voce colma di disprezzo di Adelinda, Jemmah si voltò di scatto.

Peste e corna.

Abbigliata con uno splendido abito verde smeraldo e pesca – nuovo e costoso, se gli occhi di Jemmah non la ingannavano – Adelinda era a braccetto con un uomo attraente che Jemmah non riconobbe.

Dove aveva trovato Adelinda il denaro necessario ad acquistare un indumento di tale qualità?

E chi era quel nuovo ammiratore? Un altro dei belli inqualificabili di Adelinda, senza dubbio.

Costui poteva anche essere attraente, ma qualcosa di snervante, oscuro e sgradevole gettava un'ombra sui suoi occhi senz'anima.

A giudicare dal languore con cui lo sguardo dell'uomo percorse Jemmah prima che qualcosa di più di un educato interesse affilasse i suoi lineamenti, lei avrebbe scommesso tutti i bottoni di Francia che egli non fosse un individuo rispettabile. Anzi, le faceva venire voglia di correre a casa, tuffarsi sotto le coperte e tirarsele sopra la testa per bloccare quello sguardo lascivo.

Adelinda la guardò in modo non meno attento, ma il suo sguardo non avrebbe mai potuto essere descritto come 'di apprezzamento' o 'cordiale'.

"Signorina Dament. Perkins." Jules si tenne stretto il gomito di Jemmah e rivolse ai nuovi arrivati un saluto brevissimo e decisamente freddo.

Dunque, l'uomo non era suo amico.

"Dandridge." Il saluto ugualmente gelido di Perkins confermò i sospetti di Jemmah. Il sorriso che questi rivolse poi ad Adelinda non gli illuminò il viso. "Non ci presentate?"

Con la bocca contratta per lo scontento, Adelinda inarcò un sopracciglio con aria infastidita.

"Mia sorella Jemmah. Jemmah, il signor Samuel Perkins. Possiede un club in Kings Street," disse con aria di grande superiorità.

In particolare, dichiarò l'ultimo dettaglio come se l'uomo avesse avuto una suite privata a Buckingham Palace.

"Dunque, Adelinda, questa è la sorella minore di cui mi avete tanto parlato."

Ci scommetto.

La risata lasciva di Perkins fece venire la pelle d'oca a Jemmah e, innervosita dal barlume rapace negli occhi dell'uomo, lei si avvicinò di un poco a

Jules.

Il palmo della mano dell'uomo accentuò molto delicatamente la presa sul suo braccio prima che egli le infilasse la mano nel gomito, avvicinandola a sé con quel movimento.

"Mi avete indotto in inganno, mia cara Adelinda," disse Perkins, storcendo nuovamente la bocca in quella sua maniera sinistra. "Vostra sorella è un diamante purissimo."

Quell'uomo osava rivolgersi ad Adelinda col nome di battesimo?

Con l'aria di chi aveva mangiato anfibi o rettili a cena, Adelinda riuscì a sfoderare un sorriso nauseato.

"Ho quasi convinto la mamma a permetterti di tornare a casa, Jemmah. Purché tu la smetta di darti arie da gran signora. Dopotutto, non puoi certo approfittarti per sempre della benevolenza di zia Theo."

Era la stessa Adelinda odiosa di sempre, anche se, questo bisognava ammetterlo, tre settimane non erano certo un periodo sufficiente per cambiare la personalità di qualcuno.

Ma sono bastati perché io mi innamorassi più

profondamente, più meravigliosamente di Jules.

"Io non tornerò, Adelinda. Puoi starne certa."

Jemmah inviò a Jules un'occhiata segreta, ma sua sorella la notò.

Adelinda fece un passo avanti, gli occhi perspicaci e stretti. "Se credi–"

"Dandridge, caro. Mi sembrava di avervi visto."

Ah, per tutte le sardine della Sardegna.

Due donne decise a intrappolare Jules nella loro tela, di cui una aveva l'audacia di chiamarlo 'caro' in pubblico?

Un'insicurezza momentanea sfiorò la già malridotta compostezza di Jemmah.

Traendo un respiro profondo per farsi forza, si voltò e vide la signorina Milbourne, accompagnata da due uomini che non riconobbe, ma i cui peculiari occhi di topazio e i capelli color del miele li dichiaravano parenti di Jules.

L'avambraccio di Jules si irrigidì sotto le dita di Jemmah.

"Signorina Milbourne. Zii."

Ah, i famigerati zii Charmont che ritenevano Jules incapace di prendere decisioni autonome.

Una tensione più densa della crema pasticcera calò su quel gruppo scompagnato, mentre tutti guardavano tutti con incertezza e sospetto.

La signorina Milbourne si avvicinò con grazia, la perfezione assoluta con un abito squisito color avorio e prugna, tutta pizzo vaporoso e femminile. E aveva un profumo divino.

Cornetti e colera.

Perché non poteva avere un difetto o due, o tre?

I denti irregolari?

Un neo peloso sul naso?

Gli occhi storti? Delle *zanne*?

"Mi siete mancato." La signorina Milbourne passò le dita guantate sul petto di Jules e lo guardò leziosamente da sotto le ciglia folte in maniera assurda.

Svergognata come una gatta randagia che sventolava la coda per attirare un maschio.

"Ho avuto altri impegni." L'occhiata d'acciaio con cui Jules trafisse i suoi zii li spinse a strascicare i piedi e mettersi a esaminare con grande attenzione la vegetazione.

Vigliacchi.

Acutamente consapevole della donna

elegantemente acconciata, profumata e ostile a pochi centimetri da lei, che le prendeva le misure, Jemmah inarcò rigidamente un sopracciglio. Si era appena fidanzata col duca di Dandridge e, nonostante tutte le arie e i tentativi di intimidazione da parte della signorina Milbourne, la donna era, in tutta franchezza e con somma gratificazione di Jemmah... la parte sconfitta.

Lo sguardo condiscendente della signorina Milbourne corse a Jemmah e le pupille dell'altra donna si ridussero a punte di spillo mentre faceva roteare con grande noncuranza il parasole.

"Capisco," strascicò. "Avevo sentito dire che stavate facendo un'opera pia accompagnando per la città la nipote scialba della vostra madrina. Devo dire che non vi avevo mai visto nei panni della balia, Dandridge. Siete davvero gentile a scomodarvi per soddisfare le richieste irragionevoli di lady Lockhart."

La risatina di Adelinda le valse un'occhiata esasperata da parte di Perkins.

"Proprio così, signorina Milbourne. Nessun uomo ha mai dedicato volutamente attenzioni alla mia trasandata sorella."

All'insulto crudele di sua sorella, Jemmah si irrigidì e serrò la mascella per soffocare l'imprecazione che spingeva per infrangere la sottile barriera delle sue labbra.

Una duchessa non mandava una signora a farsi fottere.

La signorina Milbourne e Adelinda si scambiarono un'occhiata trionfante.

Jemmah ne aveva abbastanza di quelle due intriganti che cercavano di farle venire il sangue cattivo con la loro invidia. "Potete andare entrambe a–"

"Vi assicuro, signore, che nessuno può convincermi a fare qualcosa che io non desideri." Con un gesto intimo, di conforto, Jules appoggiò l'altra mano sopra quella di Jemmah. "E voi siete in grave errore se credete che vi sia una donna al mondo con cui preferirei trascorrere del tempo piuttosto che con la mia futura sposa."

# 9

"**F**utura sposa?" balbettarono all'unisono la signorina Milbourne e la signorina Dament.

Ciascuna delle due sembrava aver ingoiato uno nugolo di ragni vivi.

Jules soffocò una risata, ma non riuscì a contenere il lento e soddisfatto piegarsi della sua bocca.

Chinò la testa e mormorò nell'orecchio di Jemmah.

"Vi chiedo perdono per averlo annunciato in questa maniera."

Anche gli zii erano frastornati e a bocca aperta.

Santi numi, le loro espressioni erano inestimabili.

Jemmah sorrise con tanto di fossette e scrollò una spalla, mormorando di rimando: "I risultati sono decisamente di mio gradimento."

Fu allora che Jules rise, un'esplosione di allegria che partì dal suo ventre e attirò l'attenzione di due ragazzini che inseguivano un carlino con una pallina in bocca.

Dio, adorava il modo unico che Jemmah aveva di vedere le cose.

Ma avrebbe dovuto dire addio alla proposta romantica che avrebbe voluto fare sotto al pergolato di fronte al laghetto più in là. Nella tasca della sua giacca, un raro diamante blu tagliato a smeraldo, leggermente più scuro degli occhi di Jemmah, giaceva nella sua scatolina di velluto color avorio.

Jules aveva organizzato un picnic con tanto di champagne in quel luogo pittoresco e isolato. Che gli venisse un colpo, aveva persino ingaggiato dei musicisti per avere una musica di sottofondo e un barcaiolo per assicurarsi che i numerosi cigni del laghetto passassero di lì al momento giusto.

La sua preziosa Jemmah meritava un trattamento tanto regale.

"Non puoi sposare il duca, Jemmah." La signorina Dament più anziana puntò un dito tremante contro la sorella, la voce scossa quanto il dito teso verso l'altra. "Hai bisogno del consenso della mamma. E lei non te lo darà mai. Mai."

"Allora aspetterò che io diventi maggiorenne. Oppure fuggiremo." La risposta tranquilla e sicura di Jemmah fece perdere le staffe alla sorella.

Il viso contratto che aveva assunto una spettacolare sfumatura di pulce, la signorina Adelinda chiuse le mani a pugno e ringhiò. Ringhiò davvero, prima di voltare loro le spalle e allontanarsi pestando i piedi.

Perkins la seguì, ma non prima di aver lanciato un'ultima, oscena occhiata di approvazione a Jemmah.

L'uomo aveva raggirato quell'imprudente di Adelinda.

Il club di proprietà di Perkins non era altro che una bisca da quattro soldi con bordello annesso. Se la ragazza aveva cominciato a frequentare individui del genere, si era completamente rovinata. Se non avesse prestato attenzione, prima o poi avrebbe cominciato ad allargare le gambe per i clienti di lui.

Jules, ora, non avrebbe nemmeno potuto

comprargliela, una rispettabilità, il che avrebbe sostenuto la sua causa di fronte alla madre. La signora Dament non poteva contare sul fatto che la figlia avrebbe contratto un buon matrimonio per farle avere del denaro.

Mentre Jules avrebbe potuto pagare a entrambe una sostanziosa somma di denaro perché si ritirassero in campagna.

Permanentemente.

A patto che accettassero di non disturbare mai più Jemmah.

Sì, avrebbe fatto così. Non appena sarebbe tornato a casa. La signora Dament non avrebbe potuto far altro che accettare, ormai.

"Fuggire? Che sciocchezza," esclamò zio Darius, che finalmente aveva ritrovato la favella, mentre zio Leopold continuava a sollevare e abbassare la testa come una marionetta.

"È assurdo. Cosa direbbe la gente?" riuscì infine a dire Leopold.

"In tal caso, vi suggerisco di dare il vostro sostegno alla signorina Dament e al sottoscritto, zii. E di convincere mia madre a fare lo stesso. Perché io *non* accetterò nessun'altra, e qualunque tentativo di dissuadermi verrà prontamente punito. Sono stato chiaro?"

Gli zii annuirono sebbene a malincuore. E poi, borbottando qualcosa riguardo alla necessità di contare dei sigari o chissà quale altra idiozia, se ne andarono, le teste fulve chine a complottare. Ogni pochi passi, i due lanciavano occhiate perplesse e contrariate a Jules.

A lui non importava un fico secco che loro approvassero o meno.

Sorrise al viso sollevato e incredibilmente composto di Jemmah. Era stata fustigata tre volte ed eccola lì, l'epitome della grazia e della calma, radiosa d'amore per lui – *per lui*!

Il suo cuore aveva scelto bene.

Immobile come una statua, pallida in viso come il pizzo che bordava la sua elegante giacchetta, la signorina Milbourne si guardò attorno.

Sbattendo lentamente le palpebre, come se qualcuno l'avesse percossa al capo col suo leggiadro parasole, la giovane mormorò: "Chiedo scusa. Vedo un conoscente con cui devo assolutamente parlare."

A testa alta, girò sui tacchi e si incamminò con leggiadria verso il laghetto, dove c'erano solo alcune anatre che pisolavano sotto il sole.

Ora parlava anche con gli uccelli?

"Oh, cosa abbiamo qui?" Sutcliffe li salutò allegramente dalla parte opposta del prato e li raggiunse con calma, accompagnato da Pennington. La fronte aggrottata, si voltò e osservò l'incedere della signorina Milbourne.

Jules scosse la testa e levò gli occhi verso le fronde degli alberi.

"Mio Dio. Per caso qualcuno non mi ha spedito l'invito?"

"Invito? C'è per caso un'occasione speciale di cui non sono al corrente?" L'attenzione di Sutcliffe si rivolse agli zii in allontanamento, alla signorina Milbourne e infine a Jules. Il suo sorriso minacciò di spaccargli il volto in due quando salutò Jemmah.

"Signorina Dament." Sutcliffe si produsse in un inchino esageratamente cortese. "Posso dirvi quanta gioia mi dia vedervi passeggiare con Dandridge?"

"Lo stesso vale per me." Pennington si portò una

mano alla vita e si inchinò a sua volta profondamente.

Jemmah inclinò la testa e, con gli occhi che brillavano, rivolse loro un sorriso radioso. "Vi ringrazio, Vostre Grazie. La vostra esuberanza è… rinfrancante."

"C'è *davvero* un motivo particolare per cui siete venuti ai giardini di piacere?" Con una mano sul fianco, Sutcliffe – sottile come un rospo verrucoso su un dolce – cercò di ostentare un'espressione noncurante.

"Avevo intenzione di fare una proposta di matrimonio, se proprio voi due pettegoli volete saperlo. Ma loro," Jules indicò col pollice le figure lontane dei suoi zii e della signorina Milbourne, "hanno rovinato l'occasione."

"Per Giove, è la notizia migliore che io abbia ricevuto da secoli!" Pennington strinse la mano di Jules, mentre Sutcliffe baciò quella di Jemmah. "Non perché quelli hanno rovinato l'occasione, ma perché voi vi siete finalmente dichiarato."

"Vi auguro un'immensa felicità, signorina Dament," disse Sutcliffe. "Ora ce ne andremo e informeremo i nostri amici di questa faccenda importantissima."

Accarezzando col pollice il dorso della mano di Jemmah, Jules tacque mentre i due si allontanavano. Tutto ciò che aveva pianificato per rendere la giornata romantica e memorabile era stato annientato.

"Jules?"

Lui incrociò lo sguardo vagamente sconcertato di Jemmah. "Sì, mia cara?"

"Perché tutti ci stanno fissando?"

Jules sollevò la testa e si guardò attorno con discrezione.

Jemmah aveva ragione, anche se diverse persone distolsero frettolosamente lo sguardo, trovando che il cielo o il terreno fossero profondamente affascinanti.

Dannazione, la notizia delle sue intenzioni aveva viaggiato più in fretta del vento, grazie all'amareggiata sorella di Jemmah.

Hmm, forse la cosa non era poi tanto male. Con qualche dozzina di testimoni presenti…

Estrasse la scatolina con l'anello dalla tasca.

"Jules?" Questa volta, la voce di Jemmah era morbida e commossa, come il suo sguardo. "Qui?"

"Proprio così."

Sollevando il coperchio della scatolina, Jules appoggiò un ginocchio a terra.

Il suo valletto lo avrebbe rimproverato sonoramente per essersi macchiato i pantaloni d'erba. Ma quel gesto, nella sua semplicità, era giusto.

Proprio come la sua preziosa Jemmah.

Col sole che brillava sopra di loro, le api impegnate a raccogliere il nettare, un rospo o due che gracchiavano nel sottobosco del laghetto e mentre uccelli di vario tipo si scambiavano richiami, Jules le avrebbe chiesto di diventare la sua duchessa.

"Jemmah, voi siete il gioiello che mi porto nel cuore da quando ero un ragazzino di dieci anni. Nessun'altra mi fa sorridere come fate voi. Voi occupate i miei pensieri e io non riesco a immaginare una gioia più grande del trascorrere con voi il resto della mia vita." Sorrise guardando negli occhi brillanti di lei. "Volete sposarmi?"

Jemmah si accovacciò e tese la mano sinistra.

Tipico di lei, fare qualcosa di completamente inaspettato.

"Sì, Jules. Vi amo da così tanto che non ricordo come fosse la mia vita, prima." Jemmah si produsse in una piccola risata imbarazzata mentre lui le metteva l'anello al dito.

"Da bambina, mi immaginavo come una principessa, con una tiara di zaffiri e diamanti, chiusa in una torre. E voi eravate il bel principe che veniva a salvarmi. Su un destriero bianco, naturalmente, per portarmi al castello dove saremmo vissuti per sempre felici e contenti."

"Beh, il ducato possiede un castello, e anche diverse tiare, credo. E io possiedo un cavallo bianco o due," disse Jules mentre la aiutava a rialzarsi. "E mi impegnerò tutti i giorni per rendervi felice."

"Non ho bisogno di nulla per esserlo follemente, tranne che di voi."

Poi, da brava Jemmah, si alzò in punta di piedi per baciarlo.

Sulla bocca.

In pubblico.

Ed era perfetto.

Epilogo

Chalchester Castle, Essex, Inghilterra
Luglio 1810

"Caro, Teodora ha riso ancora."

Con un sorriso colmo di entusiasmo, Jemmah, che teneva in braccio la loro figlia di tre mesi, percorse con grande prudenza le pietre lisce della riva di Chalchester Lake. I raggi del sole pomeridiano si riflettevano sull'acqua come se mille diamanti splendenti fossero stati sparsi sulla sua superficie.

Aveva creduto di non poter essere più felice di quando aveva sposato Jules, poco più di un anno prima; dopo che la mamma aveva finalmente acconsentito al matrimonio, in seguito alla scandalosa gravidanza di Adelinda.

Ma Jemmah si era sbagliata.

Ogni giorno trascorso come moglie di Jules le portava una nuova quantità di gioia e di soddisfazione che lei aveva in precedenza solo sognato.

Oh, all'inizio c'erano stati dei momenti di ansia, ma non tra lei e Jules.

Suo marito aveva mantenuto la parola e assegnato alla mamma e ad Adelinda uno splendido cottage nel Sussex, con un generoso appannaggio mensile. Ma dopo che Adelinda aveva perso il bambino ed era fuggita con un artista di strada, la mamma si era ammalata gravemente ed era morta poco dopo.

Erano stati il rancore e l'amarezza che aveva covato tanto a lungo, assieme al crepacuore, a ucciderla, aveva detto il dottore.

Nel suo letto di morte, la mamma aveva implorato il perdono di Jemmah e lei glielo aveva concesso. Si rifiutava di covare astio, perché esso avrebbe corrotto la sua anima come aveva fatto con quelle di sua madre e di Adelinda.

Jemmah non aveva idea di dove fosse ora sua sorella, ma sperava sinceramente che avesse trovato quantomeno una frazione della pace e della gioia che lei aveva ora.

Coi nastri color lavanda del suo cappello mossi dalla brezza e la ghiaia che scricchiolava sotto i suoi stivaletti, Jemmah raggiunse suo marito.

Jules, immerso fino al ginocchio nella corrente che scorreva lenta, con una canna da pesca in mano, si guardò alle spalle.

Teodora emise un verso contento e agitò i pugnetti.

"È felice, cara. Come sua madre."

"E come suo padre, anche se voi fate del vostro meglio per convincere gli altri del contrario."

"Beh, come potrei mantenere la mia reputazione di misantropo, altrimenti?"

Jules ridacchiò mentre usciva dal fiume e, dopo aver posato la canna accanto alla coperta stesa sulla riva, tese le braccia.

Jemmah mise Teodora nel suo abbraccio forte e sicuro.

La bambina sorrise prontamente al padre, gli occhi a mandorla dello stesso, peculiare color topazio dei suoi, e gli afferrò l'indice nel pugnetto.

Quindi sbadigliò e sbatté sonnolenta le palpebre.

Jules cambiò posizione alla neonata, quindi passò l'altro braccio attorno alla spalla di Jemmah. "Siamo felici, vero?"

Splendidamente felici.

Appoggiando la testa alla spalla robusta di Jules, Jemmah annuì. "Sono proprio contenta che abbiamo deciso di vivere qui, dopo il matrimonio, invece che a Londra. Non mi ero mai resa conto di quanto non amassi la metropoli. Mi piace andarci di tanto in tanto, soprattutto visto che zia Theo non vuole venire fino in campagna, ma onestamente, non tornerei mai a vivere in città."

"Davvero mi avete amato per tutto il tempo che abbiamo trascorso lontani?" Jules la guardò con una tale adorazione da farle vacillare il cuore. "Quando non mi rivolgevate mai la parola, né mi vedevate mai?"

Jemmah lo punzecchiò tra le costole. "Ve l'ho già detto dozzine di volte. Credo che vi gonfi la testa sentirvelo dire."

"Gonfia anche altre cose." Jules lanciò

un'occhiata eloquente alla sporgenza nei propri pantaloni.

"Beh, marito mio, credo che potrei avere la cura giusta per ciò che vi affligge." Jemmah gli prese dalle braccia la loro figlia dormiente e, dopo aver infilato Teodora nel suo cesto sotto un albero, tese la mano. La loro figlia sarebbe stata al sicuro, addormentata nell'ombra. E poi, loro sarebbero stati a pochi passi di distanza. "Laggiù c'è una splendida, piccola macchia d'alberi."

"Duchessa, vorreste approfittare di me alla luce del sole?"

Il barlume seducente negli occhi di Jules e il sorriso sulla sua deliziosa bocca le dissero che l'idea gli era gradita quanto lo era a lei.

Seguendo una pista tracciata dagli animali attraverso l'erba, Jemmah gli lanciò un'occhiata invitante da sopra le spalle mentre cominciava a spogliarsi.

"Proprio così, Vostra Grazia."

Autrice di romanzi bestseller per *USA Today*, Collette Cameron scrive libri ambientati in Scozia e in epoca Regency, che hanno come protagonisti canaglie, mascalzoni, libertini, e le intrepide damigelle che li redimono. Madre di tre figli e consumatrice accanita di cioccolata Cadbury, adora i cani bassotti e il blu cobalto e vive nella sua casa in Oregon coi suoi mini-bassotti. Nei suoi libri troverete sempre animali, un umorismo particolare – a volte birbante – e un pizzico di originalità.

Esplorate **i mondi di Collette**!

www.collettecameron.com

Unitevi al suo **VIP Reader Club** e iscrivetevi alla sua **newsletter GRATIS** *(in lingua inglese, ndt)*. Risate garantite!

Seguite Collette su BookBub

www.bookbub.com/authors/collette-cameron

Carissimo lettore,

Non ho mai avuto l'intenzione di diventare una scrittrice di romanzi rosa.

È la verità. Sono, come te, soprattutto una lettrice devota di romanzi rosa. È questo che mi ha portata a intraprendere questo viaggio. E che viaggio! *Un diamante per un duca* è il mio diciassettesimo romanzo, nonché il primo della nuova serie "Incantevoli Canaglie".

Mi sono divertita talmente tanto a scrivere questa storia che ho deciso di creare una nuova serie, che vede come protagonisti libertini e canaglie diabolici e affascinanti.

Confesso di essere un po' ossessionata dalla scrittura. D'accordo, più che un po'. Ci sono moltissime storie che aspettano solo che io le metta per iscritto. E tu fai sì che ne valga la pena! Sì, scrivo perché amo scrivere, ma metto mano alla penna perché voglio far vivere meglio gli altri, anche solo per pochi momenti magici.

Sono davvero entusiasta che tu abbia scelto di leggere *Un diamante per un duca* e di accompagnare Jules e Jemmah fino al loro lieto fine!

Ti prego, se puoi, di spiegare ad altri lettori perché questo libro ti è piaciuto, lasciando una recensione. Non solo voglio davvero conoscere i tuoi pensieri, ma le recensioni sono fondamentali per il successo di un autore. **Anche se tu scrivessi solo una riga o due, io lo apprezzerei molto.**

Con questo, ti saluto.

Ti auguro molte ore felici trascorse a leggere, più lieti fini di quanti tu possa gradire in una vita intera, e tanta fortuna per te e per i tuoi cari.

Connettetevi con Collette!

www.collettecameron.com

Seguitela su:

Twitter @Collette_Author

Bookbub.com/authors/collette-cameron

Facebook.com/collettecameronauthor

Instagram.com/collettecameronauthor

Amazon.com/author/collettecameron.com/

Goodreads.com/collettecameron

Pinterest.com/colletteauthor